SHORT STORIES OF P

Short Stories of Padraic Pearse

Selected and adapted by
DESMOND MAGUIRE

THE MERCIER PRESS
CORK, IRELAND

Mercier Press
www.mercierpress.ie

Englis version © Desmond Maguire 1968

ISBN 798 1 78117 851 5

Transferred to digital print on demand in 2023.

CONTENTS

INTRODUCTION

The stories of Padraic Pearse have been described by one of the greatest Irish scholars of this century, Rev. Dr. Patrick Browne as an 'itinerarium mentis ad Deum, a journey to the realisation of Ireland, past present and to come, a learning of all the love and enthusiasm and resolve which that realisation implies.'

And while some of the more cynical critics have faulted the stories for their simplicity, even they, have not denied that behind the simplicity, lies a dignity and loveliness unsurpassed and even unequalled by any other Irish writer.

This dignity and loveliness alone assures them of a leading place in Irish literature.

But the stories have more to recommend them than that, for in them, one can find penetrating glimpses of the minds and souls of the people of the Western sea-board.

It has been truly said that no other writer, even Synge, interpreted the inner lives of the Gaeltacht people as well as Pearse and in the following stories one can easily detect the hand of a different Pearse than the legendary hero who declared Ireland a republic from the steps of the G.P.O. over fifty years ago, the hand of a psychologist analysing the sorrows and joys of the people of Iar-Connacht, and the tragedies of life and death from which they could never escape.

I have drawn from his two collections of short stories 'Íosagán Agus Sgéalta Eile' (1907) and 'An Mháthair' (1915) for the present book, and my English adaptation is meant to be a help towards appreciating the original Irish stories rather than just a mere translation.

Des Maguire,
Droichead Nua,
CO. KILDARE.

ÍOSAGÁN

ÍOSAGÁN

Old Matthias was sitting beside his door. Anyone passing by would think that he was a statue of stone or marble, or even a dead person, for it would be difficult to believe that any living man could remain so quiet and still.

His head was raised and his ears were strained attentively. There were many musical sounds to be heard by the person who really wanted to hear them.

Old Matthias heard the roar of the waves on the rocks and the murmuring of the stream sweeping over the stones.

He heard the cry of the heron from the shingly strand, the lowing of the cattle from the pastures and the happy laughter of the children coming from the green.

However, he wasn't listening so attentively to any of these noises even though he thought that they were all very sweet, but to the clear sound of the Mass-bell which was being carried towards him by the wind in the morning stillness.

All the villagers were going to Mass. Old Matthias saw them filing past in ones and two's or in little groups. The boys were running and jumping while the girls were chattering happily. The women were speaking to each other in low whispers. The men were silent.

That was how they travelled to Mass every Sunday and Old Matthias was always sitting in his chair gazing on them until they went out of sight.

They filed past him this morning as usual. The old man continued to watch them until the noise and bustle had ended, until the last group had gone over the top of the chapel hill, until all that remained to be seen was a long bare road, and until the village was deserted but for an occasional old person in bed, the children playing on the green and himself sitting beside his window.

Old Matthias usen't go to church. He hadn't been at Mass for more than 60 years. The last time he blessed himself in

Bhí sean-Mhaitias ina shuí le hais a dhorais. An té ghabhfadh an bóthar, shílfeadh sé gur dealbh cloiche nó marmair a bhí ann – sin nó duine marbh – mar ní chreidfeadh sé go bhféadfadh fear beo fanacht chomh ciúin, chomh socair sin.

Bhí a cheann cromtha aige agus cluas air ag éisteacht. Is iomaí sin fuaim cheolmhar a bhí le closteáil, an té a mbeadh áird aige orthu.

Chuala sean-Mhaitias olagón na dtonn ar na carraigeachaibh agus monabhar an tsruithleáin ag sileadh leis an gclochar.

Chuala sé scréach na coirre éisc ón dúirling, agus géimneach na mbó ón mbuaile, agus geal-gháire na bpáistí ón bhfaiche. Ach ní le ceachtar acu so a bhí sé ag éisteacht chomh haireach sin – cé go mba bhinn leis iad go léir – ach le glór glé glinn clóig an Aifrinn a bhí ag teacht chuige le gaoith i gciúineadas na maidne.

Bhí na daoine ar fad bailithe leo chuig an Aifreann. Chonaic sean-Mhaitias ag gabháil thairis iad, ina nduine is ina nduine nó ina mion-dreamannaibh. Bhí na gearr-bhodaigh ag rith is ag léimneach. Bhí na cailíní ag sioscadh cainte go meidhreach. Bhí na mná ag comhrá ós íseal. Bhí na fir ina dtost.

Mar sin a thriallaidís an bóthar gach Domhnach. Mar sin a shuíodh sean-Mhaitias ar a chathaoir ag breathnú orhtu nó go dtéidís as amharc.

Thriall siad thairis an mhaidin áirithe seo mar ba ghnáthach. D'fhan an sean-fhear ag féachaint orthu go dtí go raibh críoch leis an ngleo is leis an bhfothrom, go dtí gur ghlan an plód deireanach barr árdáin na cille, go dtí nach raibh le feiceáil ach bóthar fada díreach ag síneadh amach is é bán, go dtí nach raibh fágtha ar an mbaile ach corr-sheanduine ina leaba, na páistí ag cleasaíocht ar an bhfaiche agus é fein ina shuí le hais a dhorais.

Ní théadh sean-Mhaitias chuig teach an phobail. Níor éist sé 'an tAifreann binn' le tuilleadh is trí scór bliain. Bhí sé ina

public, he was a strong active youth, now he was a worn-out old man with greyish-white hair, a wrinkled forehead and bent shoulders.

During those sixty years he had never once gone on his knees before God, never once muttered a prayer to his Creator or never once returned thanks to his Redeemer. Old Matthias was a man apart.

Nobody really knew why he never went to Mass. Some people said that he didn't believe in the existence of God. Others maintained that he committed some terrible sin, in his younger days, and when a priest refused to grant him absolution in the confessional, he swore in anger he'd have nothing to do with either priest or chapel again.

Others yet had it, but this was only whispered around the fire when the grown-ups were chatting among themselves after the children had gone asleep, that he sold his soul to a certain Big Man whom he met on the top of Cnoch an Daimh and that it was this man who wouldn't allow him to go to Mass.

I'm not sure whether these stories are true or false, but I'm certain that Old Matthias wasn't seen at Mass in the memory of the oldest person living in the village.

Cuimin O'Niadh, an old man that died a few years ago, in his 90th year claimed that he saw him at Mass when he was a small boy.

However nobody thought for a minute that Old Matthias was a bad person. In fact, he was as honest, as simple, as natural a man that one would expect to meet.

He never swore nor cursed, and had no great desire for drinking, company, wealth or property. He was poor but still he often shared what he had with people poorer than himself.

He had pity for the infirm, mercy for the wretched, and was well respected by other men.

The women, the children and the animals all loved him while he returned their love and liked every pure-hearted thing as well.

Old Matthias liked talking with women better than talking with men, but he liked talking with children even better.

He claimed that the women were wiser than the men but that the children were wiser than either of them.

ógánach luath láidir an uair dheireanach a choisrigh sé é féin i láthair an phobail, agus anois bhí sé ina shean-fhear chríon chaite, a chuid gruaige liath-bhán, ruic ina éadan, a shlinneáin cromtha.

Níor fheac sé a ghlún i bhfianaise Dé ar feadh na dtrí scór bliain sin; níor chuir sé paidir chun a Chruthaitheora; níor ghabh sé buíochas lena Shlánaitheoir. Fear ann féin ab ea sean-Mhaitias.

Ní raibh a fhios ag éinne go cé an fáth nach dtéadh sé ar Aifreann. Dúirt daoine nár chreid sé go raibh aon Dia ann. Dúirt daoine eile go ndearna sé peaca uafásach éigin i dtús a shaoil, agus nuair nach dtabharfadh an sagart absolóid dó ar faoistin, gur tháinig cuthach feirge air agus gur mhionnaigh sé nach dtaobhódh sé sagart ná séipéal lena bheo arís.

Dúirt daoine eile – ach ní deirtí é seo ach i gcogar cois tine nuair a bhíodh na sean-daoine ag seanchas leo féin tar éis dul a chodladh do na páistí – dúradar so gur dhíol sé a anam le Fear Mór áirithe a casadh dhó uair ar mhullach Chnoic an Daimh agus nach ligfeadh an té seo dhó an tAifreann a chleachtadh.

Níl a fhios agam an fíor bréag na scéalta seo, ach tá a fhios agam nár facthas sean-Mhaitias ag Aifreann Dé le cuimhne cinn an duine ba sine ar an mbaile.

Dúirt Cuimin Ó Niadh, sean-fhear a fuair bás cúpla bliain roimhe seo in aois a dheich mbliain is ceithre scór, go bhfaca sé féin ann é nuair a bhí sé ina stócach.

Ná síltear go mba dhroch-dhuine sean-Mhaitias. Bhí sé ina fhear chomh macánta, chomh simplí, chomh nádúrtha is a casfaí ort i do shiúl lae.

Níor cluineadh as a bhéal riamh ach an dea-fhocal. Ní raibh dúil aige in ól ná i gcomhluadar, in ór ná i maoin. Bhí sé bocht, ach is minic a roinneadh sé le daoine ba bhoichte ná é.

Bhí trua aige don easlán. Bhí trócaire aige don truán. Bhí modh agus meas ag fearaibh eile air.

Bhí gean ag na mná, ag na páistí agus ag na hainmhite dhó; agus bhí gean aige-sean dóibh-sean agus do gach ní atá grámhar croí-ghlan.

B'fhearr le sean-Mhaitias comhrá ban ná comhrá fear. Ach b'fhearr leis comhrá malrach is girseach ná comhrá fear ná ban.

Because of this, he used to spend the greater part of his spare time in the company of children. He used to sit with them in a corner of his house telling them his stories or listening to theirs.

And the children all marvelled at the wonderful stories that he had to tell them. He could thrill them with the 'Adventures of The Grey Horse' and he was the one old person in the village that could recite the story of the 'Hen-Harrier and the Wren' properly.

How he could frighten them with the story of 'The Two-Headed Giant' and how he could make them laugh when he told them what happened to the piper in the Snail's Castle! And the songs he had!

He could coax a sick child to sleep with his:

> 'Shoheen sho, and sleep my pet
> For the fairies are out patrolling the glen.'

or he could put a house-full of children in a fit of laughter with his:

> 'Hi diddle dum, the cat and his mother,
> That went to Galway riding a drake.'

And hadn't he the funny verses, the hard questions and the difficult riddles! As for games, where was the man, woman or child that could keep 'Lúrabóg Lúrabóg' or 'The Dumb Band' going with him?

When the weather was fine one could see Old Matthias on the hillside, or travelling the bog with his young companions, explaining to them the habits of the ants and the woodlice, or telling them stories of the hedgehog and squirrel.

Other times it was possible to see them boating, the old man holding an oar, some small boy holding a second one, and perhaps a young girl at the helm steering.

Very often, people working near the strand could hear the joyous shouts of the children coming to them from the mouth of the harbour, or it might be the voice of Old Matthias singing:

> 'Oro! My curragheen O!
> And oró my little boat.'

or something like it.

At times, some of the mothers would become afraid and whisper to one another that they weren't right to let their

Deireadh sé gur tuisceanaí na mná ná na fir agus gur tuisceanaí na páisti ná ceachtar acu.

Is i bhfochair an dreama óig a chaitheadh sé an chuid is mó dá aimsir dhíomhaoinigh. Shuíodh sé leo i gcúinne tí ag inseacht scéalta dhóibh nó ag baint scéalta astu.

B'iontach iad a chuid scéalta. Bhí 'Eachtra an Ghiorráin Ghlais' ar dheiseacht an domhain aige. B'é an t-aon tseanduine ar an mbaile é a raibh 'Préachán na gCearc is an Dreoilín' i gceart aige.

Nach é a chuireadh scanradh ar na páistí is é ag aithris ar 'Fú Fá Féasóg – Fathaigh an Dá Cheann' is nach é a bhaineadh na gáirí astu ag cur síos ar imeachtaí an phíobaire i gCaisleán an tSeilmide. Agus na hamhráin a bhí aige!

B'fhéidir leis leanbh breoite a mhealladh chun suain lena:

'Seoithín seó, is codail a pheata,

Tá an slua sí amuigh ag siúl an ghleanna!'

nó thiocfadh leis líon tí de pháistí a chur i dtríthí gáire lena:

'Haidh didil dum, an cat is a mháthair,

A d'imigh go Gaillimh ag marcaíocht ar bhárdal!'

Agus nach aige bhí na sean-ranna greannmhara; agus na crua-cheisteanna deacra; agus na tomhaiseanna breátha! Maidir le cluichí, cá raibh an té, fear nó bean, nó páiste, a d'fhéadfadh 'Lúrabóg, Lúrabóg' nó 'An Bhuíon Bhalbh' a choinneáil ar siúl leis?

San uair bhreá is ar thaobh an chnoic nó ag siúl na bportach a d'fheicfeá sean-Mhaitias is a chomrádaithe beaga, é ag míniú slí bheatha na siogán is na míol gcríonna dóibh, nó ag ríomhadh scéalta i dtaobh na gráinneoige is an iorraidh ruaidh.

Tamall eile dóibh ag bádóireacht, maide rámha ag an seanfhear, ceann eile ag buachaillín beag éigin agus b'fhéidir gearrchaile ag stiúradh.

Is minic a chluineadh na daoine a bhíodh ag obair in aice na trá gártha áthais na bpáistí ag teacht chucu ó bhéal an chuain, nó b'fhéidir glór shean-Mhaitiais is é ag gabháil fhoinn –

'Óró! mo churaichín Ó!

Is óró! mo bháidín!' –

nó rud éigin mar é.

Thagadh faitíos ar chuid de na máithreachaibh scaite agus deirídis le chéile nár cheart dóibh ligean dá gclainn an oiread sin

children spend so much time with Old Matthias – 'a man that neither went to Confession or Mass.'

Once, when one of the mothers told Father Sean of their fears he said:

'Don't interfere with the poor children, they couldn't be in better company.'

'But, Father, they tell me that he doesn't believe in God.'

'There are many saints in Heaven to-day who didn't believe in God at some time during their lives. And if Old Matthias doesn't love God – a thing that neither you nor I know – it's wonderful the love he has for the most beautiful and purest thing that God created – the spotless soul of the child. Our Saviour Himself and the most glorious saints in Heaven had the same love for them. For all we know, it may be the children that will draw Old Matthias to the knee of God yet.'

So things were left at that.

This particular Sunday morning the old man remained listening until the bell for Mass ceased ringing.

When it stopped, he sighed like a tired, sorrowful person might do and he turned to the group of boys playing on the grass patch, or the 'green' as Old Matthias called it, at the crossroads.

He knew every curly-headed, barefooted boy amongst them! He liked nothing better, in his spare time, than to sit there watching them and listening to them.

He was counting them to see how many of his friends were among them and how many of them had gone to Mass with their parents when suddenly he noticed a child that he never laid eyes on before, among them.

He was a little brown-haired boy, wearing a white coat like every other boy, with no shoes on his feet nor hat on his head – as is the custom among the children of the West.

His face was as bright as the sun and it seemed to Old Matthias that there were rays of light projecting from his head. The sun shining on his hair, perhaps!

The old man was amazed at seeing the child, for he hadn't heard that any strangers had arrived in the village.

aimsire a chaitheamh i bhfochair shean-Mhaitiais – 'fear nach dtaithíonn ord ná Aifreann'.

Uair amháin nocht bean acu na smaointe seo don Athair Seán. Séard dúirt an sagart –

'Ná bac leis na páistí bochta,' ar seisean. 'Ní fhéadfaidís a bheith i gcomhluadar ní b'fhearr.'

'Ach deirtear liom nach gcreideann sé i nDia, a Athair.'

'Is iomaí naomh sna Flaithis inniu nár chreid i nDia tráth dá shaol. Agus cogair me seo. Muna bhfuil grá ag sean-Mhaitias do Dhia – rud nach feasach duit-se nó dom-sa – is iontach an grá atá aige don ní is áille agus is glaine dár chruthaigh Dia – anam gléigeal an pháiste. Bhí an grá céanna ag ár Slánaitheoir féin agus ag na naoimh is glórmhaire ar neamh dóibh. Cá bhfios dúinn nach iad na páistí a tharraingeoidh sean-Mhaitias go glúin ár Slánaitheora fós?'

Agus fágadh an scéal mar sin.

An mhaidin Domhnaigh seo d'fhan an sean-fhear ag éisteacht nó gur stad clog an Aifrinn dá bhualadh. Nuair a bhí deireadh leis lig sé osna mar ligfeadh an té a mbeadh cumha is tuirse air agus thug sé a aghaidh ar an mbuíon mhalrach a bhí ag súgradh dóibh féin ar an ngiodán féir – an 'fhaiche' a bheireadh sean-Mhaitias air – ag an gcros-bhóthar.

Bhí aithne ag sean-Mhaitias ar gach pataire ceann-chatach cos-nochta acu. Níorbh fhearr leis caitheamh aimsire ar bith ná bheith ina shuí ansin ag breathnú orthu is ag éisteacht leo.

Bhí sé á gcomhaireamh ag féachaint cé acu dá cháirde bhí ann agus cé acu bhí imithe chun an Aifrinn leis na daoine fásta nuair a thug sé fá deara páiste ina measc nach bhfaca sé riamh roimhe.

Gasúr beag donn, a raibh cóta bán air mar bhí ar gach malrach eile, agus é gan bróga gan caipín, mar is gnáthach le páistí an Iarthair.

Bhí éadan an mhalraigh seo chomh soilseach leis an ngrian agus facthas do shean-Mhaitias go raibh mar bheadh gaethe solais ag teacht óna cheann. An ghrian ag lonradh ar a chuid gruaige, b'fhéidir.

Bhí ionadh ar an sean-fhear faoin bpáiste seo fheiceáil, mar níor chuala sé go raibh aon strainséaraí tar éis teacht ar an

He was just about to go over and question one of the children when he heard the noise and bustle of the people coming home from Mass.

He hadn't felt the time slipping by while his attention was on the tricks of the children. Some of the people going past, saluted him and he replied to them. When he turned around and gazed on the group of boys again, the strange boy wasn't among them.

The following Sunday, Old Matthias was sitting beside his door as usual. The people had already gone to Mass. The children were playing on the green; and jumping around and playing with them was the strange boy he had noticed the Sunday before.

Matthias gazed at him for a long time as he had taken to the youngster because of the beauty of his person and the brightness of his countenance.

Finally he called one of the children over to him:

'Who's that little boy I see playing with you for the past fortnight?' – he asked – 'the brown-headed one, or maybe he's reddish-fair: I'm not sure whether he's dark or fair because of the way the sun is shining on him. Do you see him now – the one that's running towards us?'

'That's Iosagán,' the boy replied.

'Iosagán?'

'That's what he calls himself.'

'Who are his parents?'

'I don't know, but he says that his father is a king.'

'Where does he live?'

'He never told us that, but he says that his house is not very far from us.'

'Does he be often with you?'

'Yes. When we play, like this. But he goes whenever grown people come around. Look! He's gone already!'

The old man looked, and saw only the boys he knew. The child, the little lad called 'Iosagán' was missing. At the same moment, the noise and bustle of the people returning from Mass could be heard.

mbaile.

Bhí sé ar tí dul anonn agus duine de na scurachaibh beaga a cheistiú ina thaobh nuair a chuala sé gleo is gliadar na ndaoine ag teacht abhaile ón Aifreann.

Níor airigh sé an uair ag sleamhnú thairis fhaid is a bhí a áird ar chleasa na ngasúr. Bheannaigh cuid de na daoine dhó ag gabháil thairis dóibh is bheannaigh seisean dóibh-sean. Nuair a thug sé súil ar an scata malrach arís, ní raibh an páiste deorata ina measc.

An Domhnach ina dhiaidh sin bhí sean-Mhaitias ina shuí le hais a dhorais, mar ba ghnáthach. Bhí an pobal bailithe chuig an Aifreann. Bhí an dream óg ag rith is ag caitheamh léim ar an bhfaiche. Ag rith is ag caitheamh léim ina bhfochair bhí an páiste deorata. D'fhéach Maitias air ar feadh i bhfad, mar thug sé taithneamh a chroí dhó i ngeall ar áilneacht a phearsan agus gile a éadain.

Sa deireadh ghlaoigh sé anall ar dhuine de na buachaillí beaga.

'Cé hé an malrach údan fheicim in bhur measc le coicís, a Chóilín?' ar seisean – 'é sin a bhfuil an cloigeann donn air, – ach fainic nach bán-rua atá sé: níl a fhios agam an dubh nó fionn é agus an chaoi a bhfuil an ghrian ag scalladh air. An bhfeiceann tú anois é – é sin atá ag rith chugainn?'

'Sin é Íosagán,' adeir an scurach beag.

'Íosagán?'

'Sin é an t-ainm a thugann sé air féin.'

'Cé dhár díobh é?'

'Níl a fhios agam, ach deir sé go bhfuil a Athair ina Rí.'

'Cá gcónaíonn sé?'

'Níor inis se é sin riamh dúinn, ach deir sé nach fada uainn a theach.

'An mbíonn sé in éineacht libh go minic?'

'Bíonn, nuair a bhíonn sinn ag caitheamh aimsire dhúinn féin mar seo. Ach imíonn sé uainn nuair a thagann daoine fásta sa láthair. Féach! tá sé imithe cheana!'

Bhreathnaigh an sean-fhear agus ní raibh ann ach na malraigh a raibh aithne aige orthu. Bhí an Páiste a dtug an gasúirin 'Íosagán' air, ar iarraidh. An nóiméad céanna, cluineadh foth-

The following Sunday the same things happened as on the two previous Sundays. The people went to Mass as usual and the old man and the children were left to themselves in the village. Old Matthias' heart gave a leap when he saw the Heavenly Child among them again.

Matthias arose and went over to stand near Him. After a while, standing without a move, he stretched out his two hands towards Him and said in a low voice

'Iosagán.'

The Child heard him and ran towards him.

'Come here and sit on my knee for a while, Iosagán.'

The child placed His hand in the old man's thin, lumpy one and they walked side by side across the road. Old Matthias sat on his chair and drew Iosagán towards his chest.

'Where do you live Iosagán,' he asked, still speaking in low tones.

'My House is not far from here. Why don't you come and visit me.'

'I'd be afraid to enter a royal house. I'm told that your father is a king.

'He is the High-King of the World. But there is no need for you to be afraid of Him for He is very merciful and loving.'

'I'm afraid I haven't kept His law.'

'Ask him to pardon you. My mother and I will intercede for you.'

'It's a great pity that I didn't see you before this Iosagán. Where were you that I didn't see you?'

'I was always here. I travel the roads, walk over the hills and plough through the waves. I am among the people when they are gathered in my House and I am also among the children they leave behind playing on the streets.'

'I was too afraid – or too proud to go into your House, Iosagán, but I found you among the children.'

'Everytime and everywhere children play I am always among them. Sometimes they see me, othertimes they don't.'

rom is tormán na ndaoine ag filleadh ón Aifreann.

An chéad Domhnach eile thit gach ní amach díreach mar a thit an dá Dhomhnach roimhe sin. Bhailigh an pobal siar mar ba ghnáthach agus fágadh an sean-fhear agus na páistí leo féin ar an mbaile. Thug croí sean-Mhaitiais léim ina lár nuair a chonaic sé an Páiste Neamhaí ina measc arís.

D'éirigh sé. Chuaigh sé anonn agus sheas sé ina aice. Tar éis tamaill ina sheasamh dó gan corraí, shín sé a dhá láimh chuige agus labhair sé de ghlór íseal –

'A Íosagáin!'

Chuala an Leanbh é agus tháinig sé chuige ar rith.

'Tar i leith is suigh ar mo ghlúin go fóillín, a Íosagáin'.

Chuir an Páiste a lámh i láimh thanaí chnapaigh an tsean-fhir agus thrialladar cos ar chois trasna an bhóthair. Shuigh sean-Mhaitias ar a chathaoir agus tharraing Íosagán lena bhrollach.

'Cá gcónaíonn tú, a Íosagáin?' ar seisean ag labhairt ósíseal i gcónaí.

'Ní fada as so mo Theach. Cad chuige nach dtagann tú ar chuairt chugam?'

'Bheadh faitíos orm i dteach ríoga. Insítear dom go bhfuil t'Athair ina Rí.'

'Is é Árd-Rí an Domhain é. Ach níor ghá dhuit faitíos a bheith ort roimhe. Tá sé lán de thrócaire is de ghrá.'

'Is baolach liom nár choinnigh mé a dhlí.'

'Iarr maithiúnas air. Déanfad-sa is mo Mháthair eadarghuí ar do shon.'

'Is trua liom nach bhfaca mé roimhe seo thú, a Íosagáin. Cé raibh tu uaim?'

'Bhí mé anseo i gcónaí. Bím ag taisteal na mbóthar is ag siúl na gcnoc is ag treabhadh na dtonn. Bím i lár an phobail nuair chruinníonn siad isteach i mo Theach. Bím i measc na bpáistí fhágann siad ina ndiaidh ag cleasaíocht ar an tsráid.'

'Bhí mise ró-fhaiteach – nó ró-uaibhreach – le dul isteach i do Theach, a Íosagáin; ach fuair mé i measc na bpáistí thú.'

'Níl aon am ná áit dá mbíonn páistí ag súgradh dóibh féin nach mbím-se ina bhfochair. Amannta chíonn siad mé; amannta eile, ní fheiceann.'

'I had never seen you until recently.'

'Grown people are blind.'

'And yet I have been allowed to see you, Iosagán?'

'My Father allowed me to show myself to you because of the love you have for His little children.'

At this moment they heard the voices of people returning from Mass.

'I'll have to leave you now.'

'Let me kiss the hem of your coat, Iosagán.'

'Do.'

'Will I see you again.'

'Yes.'

'When?'

'Tonight.'

With that word he disappeared.

'I will see him tonight!' said Old Matthias to himself going into the house.

The night was wet and stormy. One could hear the great waves breaking against the strand with a thunderous roar.

The trees around the chapel were swaying and bending against the strength of the wind. (The chapel is on a hill that slopes downwards towards the sea.) Father Sean was about to close his book and say the Rosary when he heard a noise like that of somebody knocking on the door. He listened for a while. He heard the noise again. He got up from the fire, went over to the door and opened it. A little boy was standing on the step – a boy whom the priest had never seen before as far as he could remember.

He wore a white coat, with no shoes on his feet nor no hat on his head. It seemed to the priest that there were rays of light shining from his face and about his head. Perhaps it was the moon shining on his brown comely hair!

'Who have I here,' asked Father Sean.

'Dress yourself as quickly as you're able, Father, and go to the house of Old Matthias. He is on the brink of death.'

The priest didn't need another word.

'Sit here until I am ready,' he said. But when he returned he found that the young messenger had vanished.

'Ní fhaca mise riamh thú go dtí le gairid.'

'Bíonn na daoine fásta dall.'

'Agus ina dhiaidh sin gealladh dhom thú fheiceáil, a Íosagáin?'

'Thug m'Athair cead dom mé féin a fhoilsiú duit de bhrí gur thug tú grá dá pháistí beaga.'

Cluineadh glórtha na ndaoine ag filleadh ón Aifreann.

'Caithfidh mé imeacht anois uait.'

'Lig dom imeall do chóta a phógadh, a Íosagáin.'

'Déan.'

'An bhfeicfidh mé arís thú?'

'Feicfir.'

'Cén uair?'

'Anocht.'

Leis an bhfocal sin bhí sé imithe.

'Feicfidh mé anocht é! arsa sean-Mhaitias agus é ag dul isteach sa teach.

Tháinig an oíche fliuch stoirmiúil. Cluineadh na tonntracha móra ag briseadh le fuamán in aghaidh an chladaigh. Bhí na crainn thart timpeall ar theach an phobail ag luascadh is ag lúbadh le neart na gaoithe. (Tá an séipéal ar árdán atá ag titim le fána síos go farraige). Bhí an tAthair Seán ar tí a leabhar a dhúnadh agus a phaidrín a rá nuair a chuala sé an torann mar bheadh duine ag bualadh an dorais. D'éist sé ar feadh scath-aimh. Chuala sé an torann arís. D'éirigh sé ón tine, chuaigh go dtí an doras agus d'oscail é. Bhí gasúr beag fir ina sheasamh ar lic an dorais – gasúr nár chuimhneach leis an sagart a fheiceáil riamh roimhe.

Bhí cóta bán air agus é gan bróga gan caipín. Facthas don tsagart go raibh gaethe solais ag lonradh óna ghnúis agus timpeall a mhullaigh. An ghealach a bhí ag taitneamh ar a chaomh-cheann donn, b'fhéidir!

'Cé tá anseo agam?' arsa an tAthair Seán.

'Cuir ort chomh tapa agus is féidir leat é, a Athair, is buail soir go dtí teach shean-Mhaitiais. Tá sé i mbéala báis.'

Níor theastaigh an dara focal ón sagart.

'Suigh anseo go mbeidh mé reidh,' ar seisean. Ach nuair a tháinig sé ar ais bhí an teachtaire beag imithe.

Bhuail an tAthair Seán bóthar, agus níorbh fhada a bhain sé

Father Sean started to walk and it didn't take him long to finish the journey even though the wind was against him and it was raining heavily. He noticed that there was a light in Old Matthias' house so he lifted the latch of the door and went in.

'Who's there,' asked a voice from the old man's bed.

'The priest.'

'I'd like to speak to you, Father. Sit here beside me.' The voice was very weak and the words came slowly.

The priest sat down and heard Old Matthias' Confession from beginning to end.

Whatever secret the old man was harbouring, he told it there to the servant of God in the middle of the night.

When he was finished, Old Matthias received Holy Communion and was anointed.

'Who told you that I needed you Father,' he asked in a low weak voice. 'I was praying to God that you would come, but I hadn't any messenger to call on you.'

'But you did send a messenger to me, surely?' said the priest in amazement.

'I didn't.'

'You didn't? But a little boy came and knocked on my door and told me that you needed me.'

The old man sat up straight in his bed and asked with flashing eyes:

'What sort of a boy was he, Father?'

'A small comely boy wearing a white coat.'

'Did you notice whether there was a halo of light about his head?'

'I did, and I was very surprised at it.'

Old Matthias gazed up, his face broke into a smile and he stretched out both his arms –

'Iosagán,' he said.

With that word he fell back on his bed. The priest went slowly over to him and closed his eyes.

as, cé go raibh an ghaoth ina aghaidh agus é ag báistigh go trom. Bhí solas i dteach shean-Mhaitiais roimhe. Bhain sé an laiste den doras is chuaigh isteach.

'Cé hé seo chugam?' arsan guth ó leaba an tsean-fhir.

'An sagart.'

'Ba mhaith liom labhairt leat, a Athair. Suigh anseo lem ais.' Bhí an guth fann agus tháinig na focla go mall uaidh.

Shuigh an sagart agus chuala sé scéal shean-Mhaitiais ó thús deireadh.

Cé ar bith rún a bhí i gcroí an tsean-duine, nochtadh do sheirbhíseach Dé ansin i lár na hoíche é.

Nuair a bhí an fhaoistin thart, ghlac sean-Mhaitias Corp Chríost agus cuireadh an Ola Dhéanach air.

'Cé dúirt leat go raibh tú ag teastáil uaim, a Athair?' ar seisean de ghlór lag íseal, nuair a bhí gach ní déanta. 'Bhí mé ag guí Dé go dtiocfá, ach ní raibh aon teachtaire agam le cur fá do dhéin.'

'Ach chuir tú teachtaire chugam, ar ndóigh?' adeir an sagart agus ionadh mór air.

'Níor chuireas.'

'Níor chuiris? Ach tháinig gasúirín beag agus bhuail sé ar mo dhoras agus dúirt sé liom go raibh mo chúnamh ag teastáil uait!'

Dhírigh an sean-fhear aniar sa leaba. Bhí faobhar ina shúile.

'Cen sórt gasúirín a bhí ann, a Athair?'

'Buachaillín beag caoin a raibh cóta bán air.'

'Ar thug tú fá deara mar a bheadh scáile solais thart timpeall a chinn?'

'Thugas, agus chuir sé ionadh mór orm.'

D'fhéach sean-Mhaitias suas, tháinig meangadh gáire ar a bhéal, agus shín sé amach a dhá láimh, –

'Íosagán!' ar seisean.

Leis an bhfocal sin thit sé siar ar an leaba. Dhruid an sagart anonn go socair agus dhún a shúile.

EOINEEN OF THE BIRDS

EOGHAINÍN NA nÉAN

A conversation between Eoineen of the Birds and his mother one spring evening before sunset was overheard by the song-thrush and yellow-bunting who told it to my friends the swallows. The swallows told the story to me.

'Come on in, pet. It's getting cold.'

'I can't stir for a while yet, mother. I'm waiting for the swallows.'

'For what, son?'

'The swallows. I think they'll be coming tonight.'

Eoineen was settled comfortably on top of the big rock that was close to the gable of the house, with the back of his head against the foot of the ash-tree that sheltered it. His head was raised and he was gazing southwards. His mother looked up at him. It seemed to her that his hair was yellow gold where the sun was shining on his head.

'And from where are they coming, child?'

'From the Southern World, where it is always summer. I have been expecting them for a week, now.'

'And how do you know that they'll be coming tonight?'

'I don't know, I'm only thinking. They should be here any day now. I remember that it was exactly around this time they came last year. I was coming up from the well when I heard their chirping – a sweet, happy chirping as if they were saying: 'We're here again Eoineen, with news from the Southern World, for you,' and then, one of them flew past me, and brushed his wing against my cheek.'

Needless to say, this talk made the mother wonder. Eoineen never spoke to her like that before.

She knew that he was very interested in birds and that he would spend many hours in the wood or by the strand 'talking to them' as he used to say himself. But she couldn't under-

28

Comhrá a thárla idir Eoghainín na nÉan agus a mháthair tráthnóna earraigh roimh dhul faoi don ghréin. An chéirseach agus an gealbhan buí a chuala é agus (de réir mar mheasaim) a d'inis dom cháirde, na fáinleoga, é. Na fáinleoga a d'inis an scéal dom-sa.

'Teara uait isteach, a pheata. Tá sé ag éirí fuar.'

'Ní fhéadaim corraí go fóill beag, a mháithrín. Tá mé ag fanacht leis na fáinleoga.'

'Cé leis, a mhaicín?'

'Leis na fáinleoga. Tá mé ag ceapadh go mbeidh siad anseo anocht.'

Bhí Eoghainín in áirde ar an aill mhóir a bhí láimh le binn an tí, é socraithe go deas ar a mullach agus cúl bán a chinn le bun na fuinseoige a bhí gá fáscadh. Bhí a cheann crochta aige, agus é ag breathnú uaidh ó dheas. D'fhéach a mháthair suas air. B'fhacthas di go raibh a chuid gruaige ina hór bhuí san áit a raibh an ghrian ag scalladh ar a chloigeann.

'Agus cé as a bhfuil siad ag teacht, a leinbh?'

'Ón Domhan Theas – an áit a mbíonn sé ina shamhradh i gcónaí. Tá mé ag fanacht leo le seachtain.'

'Ach cá bhfios duit gur anocht a thiocfaidh siad?'

'Níl a fhios agam, ach mé á cheapadh. Ba mhithid dóibh bheith anseo lá ar bith feasta. Is cuimhneach liom gur cothrom an lae inniu go díreach tháinig siad anuraidh. Bhí mé ag teacht aníos ón tobar nuair a chuala mé a gceileabhar – ceileabhar binn meidhreach mar bheidís ag rá: 'Táimid chugat arís, a Eoghainín! Scéala chugat ón Domhan Theas!' – agus ansin d'eiteall ceann acu tharm – chuimil a sciathán dem leiceann.'

Ní cúram a rá gur chuir an chaint seo an-ionadh ar an máthair. Níor labhair Eoghainín mar sin léi riamh roimhe.

B'fheasach di gur chuir sé an-tsuim sna héanlaith agus gur iomaí uair a chaitheadh sé insan choill nó cois trá 'ag caint leo' mar adeireadh sé. Ach níor thuig sí cén fáth a mbeadh fonn

29

stand why he should be so anxious to see the swallows coming again.

She could tell by his face, as well as by his words that he was always pondering over something that was making him anxious. And she began to grow uneasy herself, on account of it.

'That's very strange talk to be coming from a child,' she said to herself. She didn't breathe a word out loud, however, but continued to listen to every word he spoke.

'I have been very lonely since they left me in the Autumn,' the little boy, continued again, like a person talking to himself. 'They always have a lot to tell me.

'They're not the same as the song-thrush or the yellow-bunting that spend the best part of their lives by the side of the ditch in the garden. They have wonderful stories to tell about the lands where it is always summer, and about the wild seas where ships are wrecked and about the lime-bright cities where kings have made their homes. It's a long, long way from the Southern World to this country. They see everything, coming over and they never forget anything. I have missed them for a long time.'

'Come on in, love, and go to sleep. You'll be perished with the cold if you stay out any longer.'

'I'll be in, shortly, mother. I wouldn't like them to come and not be there to welcome them. They would be wondering what was wrong.'

The mother saw that it was no good to be talking, so she went in troubled. She cleaned the table and the chairs, washed the vessels and dishes, took the brush, and brushed the floor. She scoured the kettle and pots, trimmed the lamp, and hung it on the wall. She put more turf on the fire and did a hundred other things that she needn't have done. Then she sat before the fire, thinking to herself.

The cricket came out and started his hearty tune. The mother remained by the hearth-side, pondering. The little boy stayed on his airy seat, watching. The cows came home from the pasture. The hen called her chickens to her. The blackbird and the wren and the other little people of the wood went to sleep. The buzzing of the flies and the bleating of the lambs stopped.

chomh mór sin air na fáinleoga a fheiceáil chuige arís.

D'aithnigh sí ar a aghaidh, chomh maith lena ghlórtha béil, go raibh sé ag síor-smaoineamh ar rud éigin a bhí ag déanamh imní dó. Agus tháinig roinnt mí-shuaimhnis ar an mbean chroí í féin, ní nach iontach.

'Dar ndóigh, is aisteach an chaint ó pháiste í,' ar sise ina hintinn fein. Níor labhair sí smid ós árd, áfach, ach í ag éisteacht le gach focal dá dtáinig amach as a bhéal.

'Tá mé an-uaigneach ó d'fhág siad mé san bhfómhar, 'adeir an gasúr beag arís, mar dhuine a bheadh ag caint leis féin. 'Bíonn an oiread sin acu le rá liom.

'Ní hionann iad agus an chéirseach nó an gealbhan buí a chaitheann bunáite a saoil cois an chlaí san ngarrdha. Bíonn scéalta iontacha le h-aithris acu i dtaobh na gcríoch a mbíonn sé ina shamhradh i gcónaí iontu, agus i dtaobh na bhfairrgí bhfíain áit a mbáitear na loingis, agus i dtaobh na gcathrach n-aolgheal a mbíonn na ríthe ina gcónaí iontu. Is fada fada an bealach é ón Domhan Theas go dtí an tír seo: feiceann siad chuile rud ag teacht dóibh is ní dhéanann siad dearmad ar thada. Is fada liom uaim iad.'

'Tar isteach a ghrá ghil is té a chodladh. Préachfar leis an bhfuacht thú, má fhanair amuigh i bhfad eile.'

'Gabhfaidh mé isteach ar ball beag, a mháithrín. Níor mhaith liom iad a theacht agus gan mé anseo le fáilte a chur rompu. Bheadh ionadh orthu.'

Chonaic an mháthair nach raibh aon mhaith a bheith leis. Chuaigh sí isteach go buartha. Ghlan sí an bord is na cathaoireacha. Nigh sí na scálaí is na miasa. Rug sí ar an scuaib agus scuab sí an turlár. Scól sí an túlán is na corcáin. Dheasaigh sí an lampa agus chroch ar an mballa é. Chuir sí tuilleadh móna ar an tine. Rinne sí céad rud eile nár ghá dhi a dhéanamh. Ansin shuigh sí ós comhair na tine ag smaoineamh di féin.

Tháinig píobaire na gríosaí amach agus thosaigh ar a phort croíúil. D'fhan an mháthair cois teallaigh ag smaoineadh. D'fhan an gasúr beag ar a shuíochán aerach ag faire. Tháinig na ba abhaile ón gcimín. Ghlaoigh an chearc chuici ar a héiníní. Chuaigh an lon dubh is an dreoilín is mion-daoine eile na coille a chodladh. Coisceadh ar dhordán na gcuileog is ar mhéileach na n-uan.

The sun sank slowly until it was close to the bottom of the sky, until it was exactly at the bottom of the sky, until it was under the bottom of the sky. A cold wind blew from the east. Darkness spread over the land. At last Eoineen came in.

'I don't think they'll be coming tonight,' he said. 'Maybe, with God's help, they'll be here tomorrow.'

The morning of the next day came. Eioneen was up early, watching from the top of the rock. Mid-day came. Evening came. Night came. But still there was no sign of the swallows.

'Maybe we'll see them tomorrow,' Eoineen said coming in sadly that night.

But they didn't see them. Nor did they see them, the day after, nor the day after that again.

And as Eoineen came in every night he still used to say: 'Maybe they will be with us tomorrow.'

II

There came a pleasant evening in the end of April. The air was clean and cool after a shower of rain. There was a wonderful light in the western skies. The birds sang happily in the wood. The waves were chanting a poem on the strand. But Eoineen was still lonely as he waited for the swallows.

Suddenly a sound was heard that hadn't been heard in that place for more than six months. A small, tiny sound. A faint, melodious sound.

A pert, happy chirping, unlike the chirping of any other bird. With fiery swiftness, a small black body came from the south. It was flying high in the air with its two broad strong wings, and its tail shaped like a fork. It was cutting its way before it, like an arrow shot from a bow. It swooped suddenly, turned, rose again, swooped and turned again. Then it made straight for Eoineen, screaming at the top of its voice until it lay and nestled in the breast of the little boy after its long journey from the Southern World.

D'ísligh an ghrian go mall go raibh sí in aice le bun na spéire, go raibh sí díreach ar bhun na spéire, go raibh sí fá bhun na spéire. Shéid gála fuar anoir. Leath an dorchadas ar an talamh. Fá dheireadh tháinig Eoghainín isteach.

'Is baolach nach dtiocfaidh siad anocht,' ar seisean. 'B'fhéidir le Dia go dtiocfaidís amárach.'

Tháinig an mhaidin lá ar na mhárach. Bhí Eoghainín ina shuí go moch agus é ag faire amach ó mhullach na haille. Tháinig an mheán lae. Tháinig an deireadh lae. Tháinig an oíche. Ach, mo léan! níor tháinig na fáinleoga.

'B'fhéidir go bhfeicfimís chugainn amárach iad,' arsa Eoghainín agus é ag teacht isteach go brónach an oíche sin.

Ach ní fhacadar. Ná ní fhacadar chucu iad an lá ina dhiaidh sin ná an lá ina dhiaidh sin arís. Agus séard deireadh Eoghainín gach oíche ag teacht isteach dhó:

'B'fhéidir go mbeadh siad chugainn amárach.'

II

Tháinig tráthnóna aoibhinn i ndeireadh an Aibreáin. Bhí an t-aer glan fionnhuar tar éis múir bháistí. Bhí solas iontach san domhan thiar. Bhí séis cheoil ag na héanlaith san choill. Bhí duan dá canadh ag na tonntracha ar an trá. Ach bhí uaigneas ar chroí an mhalraigh agus é ag fanacht leis na fáinleoga.

Cluineadh go hobann glór nár cluineadh san áit sin le tuilleadh agus leathbhliain. Glór beag bídeach. Glór fann fíor-bhinn.

Ceileabhar mear meidhreach, agus é neamh-chosúil le haon cheileabhar eile dá dtagann ó ghob éin. Le luas lasrach thiomáin toirt bheag dhubh aneas. Í ag eiteall go hárd san aer. Dhá sciathán leathna láidre uirthi. Déanamh gabhláin ar a hiorball. Í ag gearradh na slí roimpi mar shaighid a caithfí as bogha. D'ísligh sí go hobann, thiontaigh sí, d'éirigh arís, d'ísligh is thiontaigh arís. Ansin rinne sí caol díreach ar Eoghainín, í ag labhairt in ard a gutha, gur luigh is gur neadaigh sí i mbrollach an ghasúirín tar éis a taistil fhada ón Domhan Theas.

'O, my love, my love,' Eoineen said taking it in his hands and kissing it on its little black head. 'You're welcome here from the foreign countries. Are you tired after your lonely journey over lands and seas? You're welcome, little messenger from the country where the sun is always shining! Where are your companions? What happened you on your journey or why weren't you here before this?'

While he was speaking like this with the swallow, kissing it again and again and rubbing his hands lovingly over its navy-blue wings, its little red throat and its bright feathered breast, another little bird came from the south and alighted beside them.

The two birds rose in the air then, and made straight for their little nest hidden in the ivy that was growing thickly on the walls of the house.

'They're here at last mother,' Eoineen said running in joyfully. 'The swallows are here at last. A pair came tonight – the pair that have their nest over my window. The others will be with us tomorrow.'

The mother stooped and caressed him tenderly. Then she whispered a prayer to God thanking Him for sending the swallows to them. The light that came in the child's eyes would make any mother happy!

Eoineen slept soundly that night.

The rest of the swallows soon followed, singly at first, in pairs then, and finally in little groups. Weren't they glad to see the old place again! The little wood with the brook running through it; the white sandy beach; the ash-trees close to the house; the house itself and the old nests exactly as they left them, six months before!

Nothing had changed except the little boy. He was quieter and gentler now than he used to be. He was more often sitting, than running around the fields as he used to do, before that. He wasn't heard laughing or singing as often as he used to either. If the swallows noticed this – and I wouldn't say that they didn't – they were sorry for him.

'Ó! mo ghrá thú, mo ghrá thú!' arsa Eoghainín, á tógáil ina
dhá láimh is á pógadh ar an gcloiginín dubh. 'Se do bheatha
chugam ó na críocha coimhthíocha! Bhfuil tú tuirseach tar éis
t'aistir uaignigh thar tailte agus thar fairraigí? Óra, mo mhíle,
mhíle grá thú, a theachtaire bhig álainn ón tír ina mbíonn sé
ina shamhradh i gcónaí. Cá bhfuil do chompánaigh uait? Nó
céard d'éirigh dhíbh ar an mbóthar nó tuige nach dtáinig sibh
roimhe seo?'

An fhaid is bhí sé ag labhairt mar seo leis an bhfáinleog, á
pógadh arís is arís eile agus ag cuimilt a láimhe go grámhar dá
sciatháin dubhghorma, dá scórnach beag dearg agus dá
brollach geal clúmhach, sheol éinín eile aneas agus thúirling
ina n-aice.

D'éirigh an dá éan san aer ansin agus sé an chéad áit eile ar
luigh siad ina nead bheag féin a bhí folaithe san eidhean a bhí
ag fás go tiubh ar bhallaí an tí.

'Tá siad ar fáil sa deireadh, a mháithrín!' arsa Eoghainín
agus é ag rith isteach go lúcháireach. 'Tá na fáinleoga ar fáil sa
deireadh! Tháinig péire anocht – an péire a bhfuil a nead ós
cionn m'fhuinneoige-se. Beidh an chuid eile chugainn amárach'

Chrom an mháthair agus theann sé léi é. Ansin chuir sí paidir
chun Dé ós íseal ag gabháil buíochais leis as ucht na fáinleoga
a sheoladh chucu. An lasair a bhí i súile an mhalraigh, chuir-
feadh sí aoibhneas ar chroí máthar ar bith.

Ba shámh é codladh Eoghainín an oíche sin.

Tháinig na fáinleoga i ndiaidh a chéile anois – ina gceann is ina
gceann ar dtús, ina bpéire is ina bpéire ansin, agus fá dheireadh
ina scataí beaga. Nach orthu a bhí an t-áthas nuair a chonaic
siad an tsean-áit arís! An choill bheag agus an sruithleán ag
gluaiseacht tríthi; an trá gheal ghainmheach; na fuinseoga a
bhí in aice an tí; an teach féin agus na sean-neadacha go
díreach mar d'fhágadar iad leath-bhliain roimhe sin.

Ní raibh athrú ar thada ach amháin ar an mbuachaill beag.
Bhí seisean níos ciúine agus níos míne ná bhíodh. Ba mhinice
ina shuí é ná ag rith leis féin ar fud na ngarranta mar ba
ghnáthach leis roimhe sin. Níor cluineadh ag gáirí ná ag
gabháil fhoinn é chomh minic is cluintí. Má thug na fáinleoga
an méid seo fá deara, agus ní abróinn nár thug, is cinnte go

The summer went by. Eoineen would seldom stir out on the street, but he used to sit contentedly on the top of the rock looking at the swallows, and listening to them, chirping. He used to spend hours like this!

He was often there from early morning to late afternoon and as he went in every night he would have a lot of wonderful stories to tell his mother. When she questioned him about these stories, he told her that he heard them from the swallows.

III

The priest came into the house one evening on his rounds.

'How is Eoineen of the Birds, this weather, Eileen?' he asked. (The other boys had nicknamed the child 'Eoineen of the Birds' because of his love for the feathered creatures).

'To tell the truth, Father, he hasn't been as well for a long time as he has ever since the summer came. There's a blush in his cheek that I never saw before in it.'

The priest looked sharply at her. He had noticed that blush for a long time and he wasn't deceived by it. Other people had noticed it as well and they weren't deceived by it either. But it was plain that the mother was deceived by it. There were tears in the priest's eyes, but Eileen was kindling the fire and she didn't see them.

When he spoke again, there was a lump in his throat, but the mother never noticed it.

'Where's Eoineen now, Eileen?'

'He's sitting on the rock outside, talking to the swallows,' as he says himself. 'He has a wonderful love for those little birds. Do you know, Father, what he said to me the other day?'

'What?'

'He was saying that it wouldn't be long now before the swallows would be leaving us and suddenly he turned to me and asked: 'What would you do, mammy, if I stole away from you with the swallows?'

raibh brón orthu faoi.

Chuaigh an samhradh thart. B'annamh a chorraíodh Eoghainín amach ar an tsráid ach é ina shui go sásta ar mhullach na haille ag féachaint ar na fáinleoga agus ag éisteacht lena gceileabhar. Chaitheadh sé na huaireannta mar seo.

Ba mhinic ann é o mhoch na maidne gur tháinig an 'tráthnóna gréine buí'; agus ag dul isteach dhó gach oíche bhíodh an-chuimse scéalta – scéalta áille iontacha – aige le hinseacht dá mháthair. Nuair a cheistíodh sise é fá na scéalta seo, deireadh sé i gcónaí léi gurab ó na fáinleoga d'fhaigheadh sé iad.

III

Bheannaigh an sagart isteach tráthnóna.

'Cén chaoi a bhfuil Eoghainín na nÉan an aimsir seo a Eibhlín?', ar seisean. ('Eoghainín na nÉan' a bhí mar ainm ag na malraigh eile air i ngeall ar an gcionn a bhí aige do na héanlaith.)

'Muise, a Athair, ní raibh sé chomh maith le fada an lá is atá sé ó tháinig an samhradh. Tá luisne ina leiceann nach bhfaca mé ann riamh roimhe.'

Bhreathnaigh an sagart go géar uirthi. Thug seisean an luisne sin fa deara le tamall, ach má thug, níor mheall sí é. Thug daoine eile faoi deara freisin í agus má thug níor mheall sí iad. Ach ba léir gur mheall sí an mháthair. Bhí deora i súile an tsagairt, ach bhí Eibhlín ag fadú na tine is ní fhaca sí iad.

Bhí tocht ina ghlór nuair a labhair sé arís, ach níor thug an mháthair fá deara é.

'Cá bhfuil Eoghainín anois, a Eibhlín?'

'Tá sé ina shuí ar an aill amuigh 'ag caint leis na fáinleoga' mar deireann sé féin. Is iontach an cion atá aige do na héiníní sin. Bhfuil a fhios agat a Athair céard dúirt sé liom an lá cheana?'

'Níl a fhios, a Eibhlín.'

'Bhí sé á rá gur gearr anois go mbeidh na fáinleoga ag imeacht uainn arís, agus ar seisean liom go tobann 'Céard a dhéanfá, a mháithrín,' ar seisean, 'dá n-éalóinn-se uait leis na fáinleoga?''

'And what did you say Eileen?'

'I told him to clear out and not to be bothering me. But I have been thinking on what he said ever since and it has been troubling me. Wasn't it a queer thought for him, Father – Eoineen leaving with the swallows?'

'Many strange thoughts go through a child's mind,' the priest replied. And he went out through the door without saying another word.

'Dreaming as usual, Eoineen?'

'No, Father. I'm talking to the swallows.'

'Talking to them?'

'Yes, Father. We always talk with one another.'

'And tell me, what do you talk about?'

'We talk about the foreign countries where it is always summer, about the wild seas where ships are wrecked and about the lime-bright cities where kings have made their homes.'

The priest was taken aback, as the mother was before that.

'I suppose that you do the talking about these things and that they listen to you?'

'No, Father, they do the talking mostly, and I listen to them.'

'And do you understand their talk Eoineen?'

'Yes, Father, don't you understand it?'

'Not too well, I'm afraid. Make room on the rock for me, there, and I'll sit for a while until you explain to me what they talk about.'

The priest climbed up on the rock and sat beside the little boy. He put an arm around his neck and began speaking to him.

'Tell me what the swallows say to you, Eoineen.'

'They tell me many fine things and wonderful stories. Did you see that little bird that went past, just now, Father?'

'Yes.'

'That's the best storyteller of them all. Her nest is under the ivy that grows over the window of my room. And she has another nest in the Southern World – herself and her mate.'

'Agus céard dúirt tusa a Eibhlín?'

'Dúirt mé leis scuabadh leis amach agus gan a bheith 'gam bhodhrú. Ach táim ag cuimhniú riamh ó shin ar an rud adúirt sé agus tá sé ag déanamh buartha dom. Nárbh aisteach an smaoineamh dhó é a Athair – é imeacht leis na fáinleoga?'

'Is iomaí smaoineamh aisteach a thagann isteach i gcroí páiste,' arsan sagart. Agus thug sé an doras amach air féin gan focal eile a rá.

'Ag brionglóidigh mar is gnáthach leat, a Eoghainín?'

'Ní hea, a Athair. Tá mé ag caint leis na fáinleoga.'

'Ag caint leo?'

'Sea, a Athair. Bímid ag caint le chéile i gcónaí.'

'Agus cogar. Céard a bhíonn sibh a rá le chéile?'

'Bímid ag caint ar na críocha i bhfad uainn a mbíonn sé ina shamhradh i gcónaí iontu, agus ar na fairaigí fiáine san áit a mbáitear na loingis agus ar na cathracha aolgheala a gcónaíonn na ríthe iontu.'

Tháinig ionadh a chroí ar an sagart mar tháinig ar an máthair roimhe sin.

'Tusa a bhíonn ag cur síos ar na nithe seo agus iad-san ag éisteacht leat, is cosúil?'

'Ní mé, a Athair. Iad-san is mó a bhíonn ag caint agus mise ag éisteacht leo.'

'Agus an dtuigeann tú a gcuid cainte, a Eoghainín?'

'Tuigim, a Athair. Nach dtuigeann tusa í?'

'Ní go ro-mhaith a thuigim í. Déan áit dom ar an aill ansin agus suífidh mé tamall go míní tú dhom céard a bhíonn siad a rá.'

Suas leis an sagart ar an aill agus shuigh le hais an ghasúirín. Chuir sé a lámh fána mhuineál is thosaigh ag baint cainte as.

'Mínigh dom céard a bhíonn na fáinleoga a rá leat, a Eoghainín.'

'Is iomaí rud a bhíonn siad a rá liom. Is iomaí scéal breá a insíonn siad dom. An bhfaca tú an t-éinín sin a chuaigh thart anois go díreach, a Athair?'

'Chonaic mé.'

'Sin í an scéalaí is cliste orthu ar fad. Tá a nead sin fán eidhean atá ag fás os cionn fuinneoige mo sheomra-sa. Agus

'Has she, Eoineen?'

'Yes – another beautiful little nest, thousands and thousands of miles from here. Isn't it strange to say, Father, that the little swallow has two houses and that we have only one?'

'It's very strange. And what sort of country has she got this other house in?'

'When I close my eyes, I see an awful, lonely country. I see it now, Father! A barren, desolate land. There's neither mountain, nor hill, nor valley there, but it is a great, level, sandy plain.

'There's neither wood, nor grass nor growth there and the earth is as bare as the palm of your hand. Sand entirely. Sand under your feet. Sand on every side of you. The sun scorching over your head. No clouds in the warm sky. Here and there, there are little grassy spots like little islands in the middle of the sea. A few high trees grow on these spots, which shelter them from wind and sun. I see a high cliff on one of these islands. A terrible big cliff. There's a crack in the cliff and in the crack there's a little swallow's nest. That's the nest of my little swallow.'

'Who told you this, Eoineen?'

'The swallow. She spends half of her life in that country with her mate. Don't they have the grand life there on that lonely little island in the middle of the desert! The weather is never cold nor wet and there is no frost or snow, only sunshine...

'And after that, Father, they never forget their own little nest here in Ireland, nor the wood, nor the brook, nor the ash-trees, nor me, nor my mother. In the springtime, every year, they hear something like a whisper in their ears telling them that the trees are in leaf in Ireland, and that the sun is shining on the fields and that the lambs are bleating and that I am waiting for them. And they say good-bye to their dwelling in the foreign country and begin their journey, never stopping until they can see the tops of the ash-trees ahead of them and until they can hear the roar of the river and the bleating of the lambs.'

The priest was listening attentively.

'And don't they have a wonderful journey, coming from the Southern World! They leave the huge sandy plain behind

tá nead eile aici san Domhan Theas– aici féin is ag a ceile.'

'An bhfuil, a Eoghainín?'

'Tá – nead bheag álainn eile na mílte is na mílte míle as seo. Nach aisteach an scéal é, a Athair? – a rá go bhfuil dhá theach ag an bhfáinleoigín agus gan againne ach aon teach amháin?'

'Is aisteach go deimhin. Agus cén sórt tír ina bhfuil an teach eile seo aici?'

'Nuair a dhúnaim mo shúile feicim tír uaigneach áibhéil Feicim anois í, a Athair. Tír iontach uafar. Níl sliabh ná cnoc ná gleann inti, ach í ina macaire mhór réidh ghainmheach.

'Níl coill ná féar ná fás inti, ach an talamh chomh lom le croí do bhoise. Gaineamh ar fad. Gaineamh fá do chosa. Gaineamh ar gach thaobh díot. An ghrian ag spalpadh ós do chionn. Gan néall ar bith le feicéail san spéar. É go han-te. Anseo is ansiúd tá ball beag féarach mar a bheadh oileáinín i lár farraige. Cúpla crann árd ag fás ar gach ball acu. Fascadh ó ghaoth agus ó ghrian acu. Feicim ar oileán de ne hoiléain seo aill árd. Aill mhór mhillteach. Tá scoilteadh insan aill agus insan scoilteadh tá nead fáinleoigín. Sin í nead m'fháinleoigín-se.'

'Cé d'inis an méid seo dhuit, a Eoghainín?'

'An fháinleog. Caitheann sí leath a saoil insan tír sin, í féin is a céile. Nach aoibhinn an saol atá acu ar an oileáinín uaigneach údan i lar na díthreibhe! Ní bhíonn fuacht ná fliche ann, sioc ná sneachta, ach é ina shamhradh i gcónaí...

'Agus ina dhiaidh sin, a Athair, ní dhéanann siad dearmad ar a nead bheag eile anseo in Éirinn, ná ar an gcoill, ná ar an sruthán, ná ar na fuinnseoga, ná orm-sa, ná ar mo mháthair. Gach bliain san Earrach, cloiseann siad mar a bheadh cogarnaíl ina gcluais a rá leo go bhfuil na coillte fá dhuilluír in Éirinn, is go bhfuil an ghrian ag deallrú ar na bánta, is go bhfuil na huain ag méiligh is go bhfuilim-se ag fanacht leo-san. Agus fágann siad slán ag a n-áras san tír choimhthíoch is imíonn siad rompu is ní dhéanann siad stad na cónaí go bhfeiceann siad barr na bhfuinseog uathu agus go gcluineann siad glór na habhann is méileach na n-uan.'

Bhí an sagart ag éisteacht go haireach.

'O! – agus nach iontach an t-aistear acu é ón Domhan Theas! Fágann siad an macaire mór gainmhe ina ndiaidh agus na sléibhte árda maola atá ar a imeall agus imíonn siad rompu

them and the bare high mountains on its border, and journey onwards until they come to the great sea.'

'They travel over the sea, flying all the time without growing weary or weak. They see the big swollen waves and the ships ploughing the ocean below them, and the white sails, seagulls, cormorants and other wonders that I can't remember. Sometimes when the wind rises and storms break, they see ships being wrecked, and the waves rising on top of one another. Then the poor creatures are beaten against the wind and blinded with rain and salt-water until they manage to reach land at last.

'They spend some time admiring, below them, the grassy parks, green-topped woods, high-headed reeks, broad lakes, beautiful rivers and fine cities, looking as if they were wonderful pictures. They see people at work. They hear cattle lowing and children laughing and bells ringing. But they don't stop. They journey onwards until they come to the brink of the sea again, and do not rest until they reach Ireland.'

Eoineen continued to speak like this for a long time and the priest listened to every word he said. They were still talking when darkness fell and when the mother called Eoineen in. The priest went home pondering to himself.

IV

August and September went. October was nearly out. As the days were getting shorter, Eoineen was getting sadder. He seldom spoke to his mother now, but every night before going to bed he kissed her lovingly and said:

'Call me early in the morning, Mammy. I have little time left now. They'll soon be departing from us.'

A beautiful day dawned in the middle of the month. Early in the morning, Eoineen noticed that the swallows were gather-

go dtagann siad go dtí an mhuir mhór.

'Amach leo thar an mhuir ag eiteall i gcónai, i gcónai, gan tuirse gan traochadh. Feiceann siad síos uathu na tonnta leathan-mhóra agus na loingis ag treabhadh na díleann agus na seoltá bána agus faoleáin agus cailleacha dubha na fairraige agus iontais eile nach bhféadfainn cuimhniú orthu. Agus scáite, éiríonn gaoth agus gála is feiceann siad na longa dá mbáthadh is na tonnta ag éirí i mullach a chéile; agus bíonn siad féin, na créatúir, dá dtuargain leis an ngaoth agus dá ndalladh leis an mbáisteach agus leis an sáile nó go mbaineann siad amach an tír fá dheireadh.

'Tamall dóibh ansin ag imeacht rompu agus iad ag féachaint ar pháirceanna féarmhara is ar choillte barrghlasa is ar chruacha ceann-árda is ar locha leathna is ar aibhneacha áille is ar chathracha breátha mar bheadh i bpictiúirí iontacha agus iad ag breathnú orthu síos uathu. Feiceann siad daoine ag obair. Cluineann ó siad beithígh ag géimnigh, agus páistí ag gáirí agus cloga dá mbualadh. Ach ní stadann siad ach ag síor-imeacht nó go dtagann siad go bruach na mara arís, agus ní sos dóibh ansin go mbuaileann siad tír na hÉireann.'

Lean Eoghainín air ag labhairt mar seo ar feadh i bhfad, an sagart ag éisteacht le gach focal dá ndúirt sé. Bhíodar ag seanchas nó gur thit an dorchadas agus gur ghlaoigh an mháthair isteach ar Eoghainín. Chuaigh an sagart abhaile ag machnamh dó féin.

IV

D'imigh an Lúnasa agus an Meán Fómhair. Bhí an Deireadh Fómhair leath-chaite. De réir mar bhí na laethanta ag dul i ngiorracht bhí Eoghainín ag éirí ní ba bhrónaí. B'annamh a labhraíodh sé lena mháthair anois, ach gach oíche roimh dhul a chodladh dó, phógadh sé go dil agus go díochrach í agus deireadh sé:

'Glaoigh orm go moch ar maidin, a mháithrín. Is beag an spás atá agam anois. Beidh siad ag imeacht gan mórán moille.'

Ghealaigh lá álainn i lár na míosa. Go luath ar maidin thug Eoghainín fá deara go raibh na fáinleoga ag cruinniú le chéile

ing together on the roof of the house. He never moved from his seat, once, that day. As he was coming in at nightfall he said to his mother:

'They'll be leaving tomorrow.'

'How do you know, pet?'

'They told me today'. 'Mammy,...' he blurted out after remaining silent for some time.

'What is it, pet?'

'I won't be able to stay here when they go. I will have to go along with them... to the country where it is always summer. You wouldn't be lonely if I went?'

'O please don't speak like that to me, Eoineen,' the mother said, taking him and squeezing him to her heart. 'You're not going to steal away from me! Sure you wouldn't leave your poor mother and go after the swallows?'

Eoineen said nothing, but kissed her again and again.

The following morning the little boy was up early. Since dawn, hundreds of swallows had gathered together on the roof-top. From time to time, one or two of them would fly off and return again as if they were testing the weather.

Finally a pair flew off and didn't come back. Another pair went, and a third. They started going one after another then until only one small flock remained on the ridge of the house. The pair that arrived first, on the spring evening six months beforehand, were in this little flock. It seemed that they were loath to leave the place.

Eoineen was watching them from the rock. His mother was standing beside him.

The little flock of birds rose in the air and faced the Southern World. Going over the top of the wood, a pair turned back – the pair who had the nest over the window.

They swooped down from the sky towards Eoineen, and flew close to the ground. Their wings brushed one of the little boy's cheeks as they swept past thim. Then they rose high in the sky again, with a sorrowful screech, and followed onwards after the rest.

'Mother,' Eoineen said, 'they're calling me. 'Come to the

ar bharr an tí. Níor chorraigh sé óna shuíochán ar feadh an lae sin. Ag teacht isteach dó tráthnóna, ar seisean lena mháthair:

'Beidh siad ag imeacht amárach.'

'Cá bhfios duit, a ghrá ghil?'

'Dúirt siad liom inniu é... A mháithrín,' ar seisean arís, tar éis scathaimh dó ina thost.

'Céard é féin, a leanbhín?'

'Ní fhéadfaidh mé fanacht anseo nuair a bhéas siad imithe. Caithfidh mé imeacht in éineacht leo... go dtí an tír na mbíonn sé ina shamhradh i gcónaí. Ní bheifeá uaigneach dá n-imeoinn?'

'Ó! a stóir, a mhíle stór thú, ná labhair mar sin liom!' arsa an mháthair ag breith air agus á fháscadh lena croí. 'Níl tú le éaló uaim! Ar ndóigh, ní fhágfá do mháithrín agus imeacht i ndiaidh na bhfáinleog?'

Ní dúirt Eoghainín focal ach í a phógadh arís is arís.

Ghealaigh lá eile. Bhí an buachaillín beag ina shuí go moch. Ó thús lae bhí na céadta fáinleog bailithe le chéile ar mhullach an tí. Ó am go ham, d'imíodh ceann nó péire acu agus d'fhilleadh arís, mar a bheidís ag breathnú ar an aimsir.

Fá dheireadh d'imigh péire is níor fhill siad. D'imigh péire eile. D'imigh an tríú péire. Bhí siad ag imeacht i ndiaidh a chéile ansin go dtí nár fhan ach aon scata beag amháin ar stuaic an tí. Bhí an péire a tháinig ar dtús an tráthnóna earraigh úd sé mhí roimhe sin ar an scata beag seo. Is cosúil go raibh leisce orthu an áit a fhágáil.

Bhí Eoghainín á bhfaireadh ón aill. Bhí a mháthair ina seasamh lena ais.

D'éirigh an scata beag éiníní san aer agus thugadar aghaidh ar an Domhan Theas. Ag imeacht dóibh thar bharr na coille, d'fhill péire ar ais – an péire a raibh a nead ós cionn na fuinneoige.

Anuas leo ón spéar ag déanamh ar Eoghainín. Thart leo ansin iad ag eiteall in aice leis an talamh. Chuimil a sciatháin de ghruanna an ghasúirín agus iad ag scuabadh leo thairis. Suas leo san aer arís, iad ag labhairt go brónach, agus as go bráth leo i ndiaidh na coda eile.

'A mháthair,' arsa Eoghainín, 'tá siad ag glaoch orm. 'teara

country where the sun is always shining – come, Eoineen over the wild seas to the Country of Light, come, Eoineen of the Birds!' I can't refuse them. A blessing with you, little mother my thousand, thousand blessings to you, little mother of my heart. I'm going from you... over the wild seas... to the country where the sun is always shining.'

He let his head back on his mother's shoulders and sighed. The crying of a woman was heard in that lonely place – the crying of a mother keening her child. Eoineen had left along with the swallows.

Autumn and winter went by, and spring-time came again. The trees were in leaf, the lambs were bleating and the sun was shining on the fields. One glorious evening in April the swallows came. There was a wonderful light at the bottom of the western skies as there was a year before. The birds sang happily in the woods. The waves chanted a poem on the strand. But there was no little fair-haired boy sitting on top of the rock under the shadow of the ash-trees.

Inside in the house a solitary woman was weeping by the fire.

'...And dear little son,' she cried, 'I see the swallows here once more, but I'll never see you here again.'

The swallows heard her as they flew past the door. I don't know whether Eoineen heard her or not, for he was thousands of miles away... in the country where it is always summer.

uait go dtí an tír a mbíonn an ghrian ag soilsiú i gcónaí ann – teara uait, a Eoghainín, thar na farraigí fraochda go dtí tír an tsolais – teara uait a Eoghainín na nÉan!' Ní fhéadaim iad a eiteach. Beannacht agat, a mháithrín – mo mhíle, míle beannacht agat, a mháithrín mo chroí. Táim ag imeacht uait... thar na farraigí fraochda... go dtí an tír ina mbíonn sé ina shamhradh i gcónaí.'

Lig sé a cheann siar ar ghualainn a mháthar agus chuir sé osna as. Cluineadh gol mná insan áit uaigneach úd – gol máthar ag caoineadh a páiste. Bhí Eoghainín imithe i bhfochair na bhfáinleog.

Chuaigh an fómhar is an geimhreadh thart agus bhí an t-earrach ar fáil arís. Bhí na coillte fá dhuilleabhar, is na huain ag méiligh is an ghrian ag deallrú ar na bánta. Tráthnóna glórmhar san Aibreán, tháinig na fáinleoga. Bhí solas iontach ag bun na spéire san iarthar mar bhí bliain an taca sin. Bhí séis cheoil ag na héanlaith san gcoill. Bhí duan dá canadh ag na tonnta ar an trá. Ach ní raibh aon ghasúirín fionn-bhán ina shuí ar mhullach na haille fá sciath na bhfuinnseog.

Istigh insan teach, bhí bean aonraic ag caoi cois tine:

'...Is a mhaicín mhúirnigh,' ar sise, 'feicim na fáinleoga chugam arís, ach ní fheicfidh mé tusa chugam go deo.'

Chuala na fainleoga í agus iad ag dul thar an doras. Níl a fhios agam an gcuala Eoghainín í, mar bhí se na mílte míle i gcéin... insan tír ina mbíonn sé ina shamhradh i gcónaí.

THE ROADS

NA BÓITHRE

Rossnageeragh will always remember the night that the Dublin Man threw a party for us in Turlagh Beg Schoolhouse. We never called him anything else except the 'Dublin Man.' Peaitin Pharaic told us that he was a man who wrote for the newspapers.

Peaitin used to read the Gaelic paper that the mistress bought every week and there was little he did not know for the events of the Western World and the happenings of the Eastern World were always described in it, and there was no end to the information he would have for us every Sunday at the chapel gate.

He told us that the Dublin Man had a stack of money for there was £200 a year coming to him for writing that paper every week.

The Dublin Man came to Turlagh to spend a fortnight or month, every year.

One year he sent out word inviting poor and ragged to a party he was throwing for us in the schoolhouse.

He promised that there would be music and dancing and Gaelic speeches at it; that there would be a piper there from Carraroe; that Bríd Ní Mhainín would come to sing 'Condae Mhuigheo'; that Martin the Fisherman would tell a story about Fionn and the Fianna; that old Úna Ní Ghreelis would recite a poem if the creature hadn't got the hoarseness and that Marcuseen MhíchílRuaidh would do a stepdance if his rheumatism wasn't too bad.

Nobody ever knew Marcuseen to have rheumatism except when he was asked to dance.

'Bedam, but I'm dead with the pains for a week,' he'd always say, when a dance was hinted.

Beidh cuimhne i Ros na gCaorach go héag ar an oíche thug fear Bhaile Átha Cliath an fhleá dúinn i dteach scoile an Turlaigh Bhig.

Ní raibh d'ainm ná de shloinne againn ar an bhfear céanna riamh ach fear Bhaile Átha Cliath. Sé adeireadh Peaitín Pháraic linn gur fear scríofa páipéir nuaíochta é.

Do léadh Peaitín an páipéar Gaeilge do thagadh go dtí an mháistreás gach seachtain, agus is beag ní nach raibh ar eolas aige, mar do bhíodh cur síos ar an bpáipéar sin ar imeachtaí an Domhain Thiar agus ar imeachtaí an Domhain Thoir, agus ní bhíodh teora leis an méid feasa do bhíodh ag Peaitín le tabhairt dúinn gach Domhnach ag geata an tséipéil. Adeireadh sé linn go raibh an-chuimse airgid ag fear Bhaile Átha Cliath, mar go raibh dhá chéad punt sa mbliain ag dul dó as ucht an páipéar sin do scríobhadh gach uile sheachtain.

Thugadh fear Bhaile Átha Cliath cuairt coicíse nó míosa ar an Turlach gach bliain.

An bhliain áirithe seo do chuir sé gairm scoile amach ag glaoch bocht agus nocht chun fleá agus féasta do bhí sé do chomóradh dúinn i dteach na scoile.

D'fhógair sé go mbeadh ceol agus damhsa agus oráideacha Gaeilge ann; go mbeadh píobaire ann ón gCeathrú Rua; go mbéadh Bríd Ní Mhainín ann chun 'Condae Mhuigheo' do thabhairt uaithi; go n-inseodh Máirtín Iascaire scéal fiann-aíochta; go n-aithriseodh sean-Úna Ní Ghriallghais dán mura mbeadh piachán ar an gcréatúir; agus go ndéanfadh Marcuisín Mhíchíl Ruaidh dreas damhsa muna mbeadh na scoilteacha go ródhona air.

Níorbh eol d'éinne na scoilteacha do bheith ar Mharcuisín riamh ach nuair do hiarrtaí air damhsa a dhéanamh.

'Bedam but tá mé marbh ag na scoilteacha le seachtain,' adeireadh sé i gcónaí, nuair do luafaí damhsa. Ach ní túisce do thosnaíodh an píobaire ar 'Tatther Jack Walsh' ná do

But no sooner would the piper sound up 'Tatther Jack Walsh', than Marcuseen would throw his old hat in the air, say 'hup', and take the floor.

The Col Labhrás family were at tea the night of the party.

'Will we be going to the schoolhouse tonight, daddy,' Cuimin Col asked his father.

'Yes. Father Ronan said that he'd like all the people to go.'

'Won't we have the spree!' Cuimin exclaimed.

'You'll stay at home, Nora,' the mother said, 'to mind the baby.'

Nora made a face but didn't speak.

After tea, Col and his wife went into the bedroom to dress for the party.

'It's a pity that God didn't make me a boy,' Nora said to her brother.

'Why?' Cuimin asked.

'For one reason better than another,' she answered and with that gave a little slap to the child that was half-asleep and half-awake in the cradle. The baby let a howl out of him.

'Will you mind the child, there,' Cuimin said. 'If my mother hears him crying, she'll take the ear off you.'

'I don't care if she takes the two ears off me.'

'What's wrong with you?' Cuimin was washing himself, but stopped to look over his shoulder at his sister, with the water streaming from his face.

'I'm tired of being made a little ass of by my mother and everybody else,' Nora replied. 'I work from morning 'till night while you do nothing. Yet you're all going to the party tonight while I have to stay at home and act as nursemaid to this baby. You 'll have to stay at home, Nora, to mind the baby,' says my mother. That is always the way.

It's a pity that God didn't make me a boy.'

Cuimin was drying his face in the meantime and 's-s-s-s-s' coming out of him like a person grooming a horse.

'It's a pity alright,' he said, when he was able to speak. He threw the towel away from him, put his head to one side and

chaitheadh Marcuisín a cháibín san aer, 'hup!' adeireadh sé, agus do fágtaí an t-urlár faoi.

Do bhí comhluadar Chóil Labhráis ag ól tae tráthnóna na fléa.

'An rachamaid ag teach na scoile anocht, a dheaide?' arsa Cuimín Chóil lena athair.

'Gabhfaidh. Dúirt an tAthair Rónán go mba mhaith leis an pobal uile a dhul ann.'

'Nach againn a bhéas an spraoi!' arsa Cuimín.

'Fanfaidh tusa sa mbaile, a Nóra,' adeir an mháthair,' le aire a thabhairt don pháiste.'

Do chuir Nóra pus uirthi féin ach níor labhair sí.

Tar éis tae do chuaigh Cól agus a bhean siar sa seomra le hiad fein do ghléasadh chun bóthair.

'Mo léan nach gasúr fir a rinne Dia dhíom,' adeir Nóra lena dearbháir.

'Muise, tuige?' arsa Cuimín.

'Chuile chuige níos fearr ná a chéile,' arsa Nóra. Leis sin thug sí bosóg bheag don leanbh do bhí idir bheith ina chodladh is ina dhúiseacht san chliabhán. Do chuir an leanbh béic as.

'Ara, éist leis an bpáiste,' arsa Cuimín. 'Má chloiseann mo mháthair ag béicíl é, bainfidh sí an chluas díot.'

'Is cuma liom má bhaineann sí an dá chluais díom,' arsa Nóra.

'Céard tá ort?' Do bhí Cuimín á ní féin agus do stad sé agus d'amharc anonn thar ghualainn ar a dheirfiúir, agus an t-uisce ag sileadh lena éadan.

'Tuirseach de bheith im asailín ag mo mháthair agus ag chuile dhuine atáim,' arsa Nóra. 'Ag obair ó mhaidin go hoíche dhom agus sibh-se ar bhur suaimhneas. Sibh-se ag dul ag an spraoi anocht, agus mise i mo shuí anseo i mo bhanaltra don pháiste seo. 'Fanfaidh tusa sa mbaile, a Nóra, le aire a thab-hairt don pháiste' adeir mo mháthair. Sin í an chaoi i gcónaí. Is trua nach gasúr fir a rinne Dia dhíom.'

Do bhí Cuimín ag triomú a éadain fán am sin, agus 's-s-s-s-s-' ar bun aige ar nós duine do bheadh ag deasú capaill.

'Is trua,' ar seisean, nuair d'fhéad sé labhairt.

Do chaith sé uaidh an túáille, do chuir sé a cheann ar leath-taobh, agus d'fhéach go sásta air féin san scáthán do bhí

looked complacently at himself in the glass which was hanging on the kitchen wall.

'All I have to do now is to part my hair, and I'll be tip-top,' he added.

'Are you ready, Cuimin?' his father asked, on his way up from the bedroom.

'Yes.'

'Well come on, then.'

The mother came out. 'If the baby starts to cry, Nora, give him his bottle.'

Nora said nothing. She remained sitting, on the stool beside the cradle with her chin resting in her two hands and her elbows stuck on her knees.

She heard her father, mother and Cuimin going out the door and across the street; she knew by their voices that they were going down the bohereen. The voices soon died away and she knew that they had reached the main road, and had started their journey to the schoolhouse.

Nora began to imagine how things were. She pictured the fine level road, white under the moonlight. The people were walking towards the schoolhouse in little groups.

The Rossnageeragh people were walking on the roadway, the Garumna people were coming round by the mistress's house and the Kilbrickan people and the Turlagh Beg people were crowding down the hillside.

There was a group of people from Turlagh, a few from Glencaha and one or two from Inver walking on the roadway as well.

She imagined that her own people were at the school gate by now, and were going up the pathway. Now they were entering the schoolroom. The schoolhouse was almost full and still the people were coming in. Lamps were hanging on the walls and the house was as bright as though it were the middle of the day.

She could see Father Ronan busily bustling around from person to person, bidding them welcome. The Dublin Man was there... as nice and friendly as ever. The schoolmistress was there and so were the master and mistress from Gortmore, and the lace-instructress.

The schoolgirls were sitting together in the front benches.

54

ar crochadh ar an mballa.

'Scoilt a dhéanamh im chuid gruaige anois,' ar seisean, 'agus beidh mé ar fheabhas.'

'Bhfuil tú réidh, a Chuimín?' adeir a athair ag teacht aniar as an seomra.

'Táim'.

'Beimid ag bogadh linn.'

Tháinig an mháthair aniar. 'Má bhíonn sé ag caoineachán, a Nóra' ar sise, 'tabhair deoch bhainne dhó as an mbuidéal.'

Ní dúirt Nóra focal. D'fhan sí ina suí ar an súistín in aice an chliabháin agus a smig leagtha ar a dhá laimh agus a dhá huilinn leagtha ar a glúine.

Do chuala sí a hathair agus a máthair agus Cuimín ag dul amach an doras agus trasna na sráide; d'aithin sí ar a nglórtha go rabhadar ag dul síos an bóithrín.

Do chuaigh na glórtha in éag agus do thuig sí go rabhadar tar éis an bóthar do thabhairt dóibh féin.

Do ghabh Nóra ag cumadh pictiúirí bréige ina haigne. Do chonaic sí, dar léi, an bóthar bréa réidh agus é geal fá sholas gealaí. Do bhí na daoine ina mion-scataí ag déanamh ar theach na scoile.

Do bhí muintir Ros na gCaorach ag teacht amach an bóthar, agus muintir Ghairbhtheanach ag triall thart le teach na máistreása, agus muintir Chill Bhriocáin ag bailiú anuas an cnocán, agus muintir an Turlaigh Bhig cruinnithe cheana; do bhí dream ón Turlach agus corr-scata ó Ghleann Chatha, agus duine nó beirt as Inbhear ag teacht isteach an bóthar.

Do samhlaíodh di go raibh a muintir féin ag geata na scoile anois. Do bhíodar ag dul suas an cosán. Do bhíodar ag beannú isteach an doras. Do bhí teach na scoile beagnach lán agus gan deireadh le teacht na ndaoine fós. Do bhí lampaí crochta ar na ballaí agus an teach chomh geal is dò-bheadh i lár an lae.

Do bhí an tAthair Rónán ansin agus é ag dul ó dhuine go duine agus ag cur fáilte roimh gach éinne. Do bhí fear Bhaile Átha Cliath ann agus é go lách, mar ba dhual dó. Do bhí an mháistréas ann agus máistir agus máistréas an Ghoirt Mhóir agus bean na lásaí.

Do bhí gearrchailí na scoile ina suí le chéile ar na suíocháin tosaigh. Nach rabhadar le amhrán do rá? Do chonaic sí, dar

Weren't they to sing a song? She could see Máire Sean Mor and Máire Pheaitin Johnny and Babeen Col Marcus and the Boatman's Brigid with her red hair and even Brigid Caitin Ni Fhiannachta, with her mouth open as usual. The girls were all looking around, nudging one another and asking where Nora Col Labhras was. The schoolhouse was packed to the door now. Father Ronan was clapping his hands for silence and the whispering and murmuring soon died out.

Father Ronan started to speak to them in a very lighthearted manner. Everybody was laughing. He was calling on the schoolgirls to give their song. They were getting up and going to the top of the room and bowing to the people.

'O! Why can't I be there,' Nora exclaimed and laying her face in her palms, she began to cry.

Suddenly she stopped crying. She hung her head and rubbed her eyes with her hands.

It wasn't right, she said, in her own mind. It wasn't right, just or fair. Why was she kept at home? Why was she always kept at home? If she was a boy, they'd let her out, but since she was only a girl, they kept her at home.

She was only a little ass of a girl as she told Cuimin herself earlier that evening!

But she wasn't going to put up with it any more. She was going to get her own way in future. She was going to be as free as any boy that ever lived.

She had thought about the deed often before. Tonight she would carry it through.

Several times before Nora had thought of what a fine life she would have as a tramp, independent of everybody! Her face on the roads of Ireland before her, and her back on home and the hardship and anger of her family! To walk from village to village and from glen to glen, the fine level road before her, with green fields on both sides of her and small well-sheltered houses on the mountainslopes around her!

If she should get tired, she could stretch back by the side of a ditch or she could go into some house and ask the woman there for a drink of milk and a place by the fire. To sleep at

léi, Máire Sheáin Mhóir, agus Máire Pheaitín Johnny agus Baibín Chóil Mharcuis, agus Bríd an Bhádóra agus a cloigeann rua uirthi agus Bríd Cháitín Ní Fhiannachta, agus a béal oscailte aici mar ba ghnáthach léi. Do bhí na gearrchailí ag féachaint thart agus ag tabhairt uilinn dá chéile agus ag fiafraí dá chéile cá raibh Nóra Chóil Labhráis. Do bhí teach na scoile lán go doras anois. Do bhí an tAthair Rónán ag bualadh a dhá bhois le chéile. Do bhíothas ag stad den chaint agus den chogarnach.

Do bhí an tAthair Rónán ag labhairt leo. Do bhí sé ag labhairt go greannmhar. Do bhí gach éinne ag gáirí. Do bhí sé ag glaoch ar gearrchailí na scoile chun an amhráin do thabhairt uathu. Do bhíodar siúd ag éirí ina seasamh agus ag siúl go dtí ceann an tseomra agus ag umhlú don phobal.

'Mo léan gan mé ann,' adeir Nóra bocht léi féin, agus do leag a héadan ar a bosa agus do thosaigh ag gol.

Do stad sí den ghol go hobann. Do chroch sí a ceann agus do chuimil bos dá súile.

Ni raibh sé ceart, ar sise, ina haigne féin. Ní raibh sé ceart, cóir ná feiliúnach. Cad chuige ar choinníodh sa mbaile í? Cad chuige a gcoinnítí sa mbaile i gcónai í? Da mba gasúr fir í do ligfí amach í. Ó nach raibh inti ach gasúr mná do coinnítí sa mbaile í.

Ní raibh inti, mar adúirt sí le Cuimín an tráthnóna sin, ach asailín beag gearrchaile!

Ní chuirfeadh sí suas leis a thuilleadh. Do bheadh cead a cinn aici. Do bheadh sí chomh saor le gasúr fir ar bith dá dtáinig nó dá dtiocfadh. Ba mhinic roimhe sin do chuimhnigh sí ar ghníomh. Do dhéanfadh sí an gníomh sin anocht.

Ba mhinic do shíl Nóra go mba bhréa an saol bheith ag imeacht roimpi ina seabhac siúil gan beann aici ar dhuine ar bith. Bóithre na hÉireann roimpi agus a haghaidh orthu; cúl a cinn leis an mbaile agus le cruatan agus le crostacht a muintire. Í ag siúl ó bhaile go baile agus ó ghleann go gleann. An bóthar bréa réidh roimpi, glasra ar gach taobh de, tithe breátha clúfara ar shleasa na gcnocán!

Dá n-éireodh sí tuirseach, d'fhéadfadh sí síneadh siar cois chlaí, nó d'fhéadfadh sí dul isteach i dteach éigín agus deoch bhainne agus suí cois tine d'iarraidh ar bhean an tí.

night under the shadow of trees in some wood, and get up early in the morning and stretch out again under the clear fresh air!

If she should want food (and it was likely that she should) she could do a day's work here and there, and she would be fully satisfied if she was given a cup of tea and crust of bread in payment. Wouldn't that be a fine life, instead of being a little ass of a girl at home feeding the hens and minding the child.

She wouldn't go as a girl but as a boy. Nobody would ever guess that she wasn't a boy. When she would have cut her hair and put on a suit of Cuimín's bawneen's who would ever know that she was a girl?

Nora had often thought about doing all this, but she had always been afraid to carry it through. Besides, she never got a proper chance to try!

Her mother was always in the house and no sooner would she be gone than they'd notice that she was missing. But she had the chance now. None of them would be back in the house for another hour, at least. She'd have plenty of time to change her clothes and to slip off unnoticed. She wouldn't meet anyone on the road because everybody was down in the schoolhouse.

She'd have time to get as far as Ellery tonight and sleep in the wood. Then she could get up early in the morning and continue her journey before anyone would be up!

She jumped up from the stool! There was a scissors in the drawer of the dresser. It wasn't long before she had them in her hands and 'Snip! Snap!'

She clipped off her black hair, the fringe that came down over her brow and all her ringlets in the one go. She glanced at herself in the mirror. Her head looked bald and bare.

She gathered her curls from the floor and hid them in an old box. She went over then to the place where a clean suit of bawneens belonging to Cuimín was hanging on a nail. She got down on her knees searching for one of Cuimín's shirts that was in a lower drawer of the dresser. She threw the clothes on the floor beside the fire.

She took off her own clothes in a hurry and threw her dress,

Codladh na hoíche do dhéanamh i gcoill éigin fá scáth crann, agus éirí i moch na maidne agus síneadh roimpi arís fán aer úr-aoibhinn.

Dá dteastódh bia uaithi (agus is dócha go dteastódh) do dhéanfadh sí obair lae anseo agus obair lae ansiúd agus do bheadh sí lánsásta dá bhfaigheadh sí cupán tae agus blúire aráin i ndíolaíocht a hoibre. Nár bhreá an saol é sin seachas bheith ina hasailín beag gearrchaile sa mbaile ag beathú na gcearc agus ag tabhairt aire don naoinan!

Ní ina cailín d'imeodh sí roimpi ach ina malrach. Ní bheadh a fhios ag duine ar bith nach malrach do bheadh inti. Nuair do ghearrfadh sí a cuid gruaige agus culaith báiníní le Cuimin do chuir uirthi féin cé d'aithneodh gur gearrchaile í?

Ba mhinic do cheap Nóra an chomhairle sin di féin ach níor lig an faitíos riamh di a chur i ngníomh. Ní raibh fáil cheart aici riamh air.

Do bhíodh a máthair sa teach i gcónaí agus ní túisce do bheadh sí imithe ná do haireofaí ar iarraidh í. Ach do bhí fáil aici anois. Ní bheadh duine acu thar ais sa teach go ceann uaire a chloig ar a laghad. Do bheadh neart ama aici chun a cuid éadaigh d'athrú agus imeacht i ngan fhios don tsaol.

Ní casfaí éinne uirthi ar an mbóthar ó bhí an pobal uile cruinnithe i dteach na scoile. Do bheadh am aici dul chomh fada le hEileabhrach anocht agus codladh do dhéanamh sa gcoill. D'eireodh sí go moch maidin lá ar na mhárach agus do bhuailfeadh bóthar sul do bheadh éinne ina shuí.

Do phreab sí den súistín. Do bhí siosúr i ndrár an drisiúir. Níorbh fhada go raibh sí i ngreim sa siosúr agus snip sneap!

Do ghearr sí dhi a cúl gruaige, agus an cluibe do bhí ar a malainn, agus gach dual fáinneach dá raibh uirthi in aon ionsaí amháin. Do dhearc sí uirthi féin sa scáthán. A iníon ó! nach maol lom d'fhéach sí!

Do bhailigh sí na fáinní gruaige den urlár agus do chuir i bhfolach i sean-bhosca iad. Anonn léi ansin go dtí an áit a raibh culaith ghlan báiníní le Cuimín ar crochadh ar thairnge. Síos léi ar a glúine ag cuardach léine le Cuimín do bhí i ndrár íochtair an drisiúir. Do chaith sí an méid sin éadaigh ar an urlár in aice na tine.

Seo anois í ag baint di a cuid éadaigh féin go deifreach. Do

and little blouse and her shift into a chest that was under the table. Then she put Cuimín's shirt on herself. She stuck her legs into the breeches and pulled them up.

She remembered then that she had neither braces nor belt, so she made a belt out of an old piece of cord. She put the jacket on herself, looked in the mirror and started!

She thought that Cuimín was in front of her! She looked over her shoulder, but didn't see anyone. It was then she remembered that she was looking at herself and she began to laugh.

But if she did, she was a little scared. If only she had a cap now, she'd be ready for the road. Yes, she knew where there was an old cap of Cuimín's. She got it and put it on her head. 'Goodbye forever now to the old life, and a hundred welcomes to the new!'

When she was at the door, she turned back and tiptoed over to the cradle. The baby was sound asleep. She bent down and gave him a kiss, a light little kiss on the forehead. She crept on the tips of her toes back to the door, opened it gently and shut it quietly after her. She crossed over the street and went down the bohereen. It wasn't long before she came to the main road. She then pressed onward towards Turlagh Beg.

She soon saw the schoolhouse by the side of the road. There was a fine light, shining through the windows. She heard a noise that sounded like the people inside laughing and clapping hands. She climbed over the fence and crept up the school path. She went around to the back of the house.

The windows were high enough but she managed to raise herself up until she could see what was going on inside.

Father Ronan was speaking. He stopped, and O, Lord! – the people began to get up. It was obvious that the party was over and that the people were about to separate and go home. What would she do if she was spotted?

She leapt down from the window. Her foot slipped as she was coming down and she fell on the ground. She very nearly screamed out, but controlled herself in time. She thought that her knee was a little hurt. The people were out in the school

chaith sí a gúna agus a cóitín beag agus a léine isteach i gcomhrainn do bhí fán mbord. Do chuir sí léine Chuimín uirthi féin. Do sháith sí a cosa isteach sa mbríste agus do tharraing aníos uirthi féin é.

Do chuimhnigh sí ansin nach raibh gealas ná crios aici. B'éigin di crios do dhéanamh as sean-phíosa córda. Do chuir sí an chasóg uirthi féin. D'fhéach sí sa scáthán agus do gheit sí.

Is amhlaidh do shíl sí go raibh Cuimín ós a comhair! D'fhéach sí thar a gualainn ach ní fhaca sí éinne. Is ansin do chuimhnigh sí gurab í féin do bhí ag féachaint uirthi féin, agus do rinne sí gáire.

Ach má rinne féin, do bhí sí beagán scanraithe. Dá mbeadh caipín aici anois do bheadh sí réidh chun bóthair. Sea, do bhí a fhios aici cá raibh sean-chaipín le Cuimín. Do fuair sí é agus do chuir ar a ceann é. Slán beo anois leis an seansaol agus céad fáilte roimh an saol nua!

Nuair do bhí sí ag an doras thiontaigh sí ar ais agus do théalaigh anonn go dtí an cliabhán. Do bhí an leanbh ina shamh-chodladh. Do chrom sí agus thug póg don naoinán, póigín beag éadrom isteach ar a mhalainn. Do théalaigh sí ar bharra a cos go dtí an doras, d'oscail go ciúin é, do chuaigh amach ar an tsráid, agus do dhún an doras go socair ina diaidh. Trasna na sráide léi, agus síos an bóithrin. Ba ghearr go dtug sí an bóthar di féin. Do lasc léi ansin fá dhéin an Turlaigh Bhig.

Ba ghairid go bhfaca sí teach na scoile ar thaobh an bhóthair. Do bhí solas breá ag scalladh trí na fuinneoga. Do chuala sí torann mar do bheifí ag gáirí agus ag bualadh bos istigh. Anonn thar claí léi agus suas casán na scoile. Do chuaigh sí thart go dtí tóin an tí. Do bhí na fuinneoga árd go maith ach d'éirigh léi í féin d'árdú suas, go raibh radharc aici ar a raibh ar siúl taobh istigh. Do bhí an tAthair Rónán ag labhairt.

Do stad sé, agus a Thiarna! do thosaigh na daoine ag éirí ina seasamh. Ba léir go raibh an siamsa thart agus go rabhthas chun scarúna le dul abhaile. Céard do dhéanfadh sí dá bhfeicfí í?

Do chaith sí léim ón bhfuinneog. Do sciorr a cos uaithi ag teacht anuas ar an talamh di agus do baineadh leagan aisti. Is beag nár scread sí ós árd, ach do chuimhnigh sí uirthi féin in am. Do bhí a glún beagán gortaithe, do shíl sí. Do bhí na daoine

yard, by that. She would have to hide until they were all gone. She moved into the wall as close as she could. She heard the people talking and laughing and she knew that they were scattering.

What was that? The voices of people coming towards her; the sound of a footstep on the path beside her!

Suddenly she remembered that there was a short-cut across the back of the house and that there might be some people taking the short way home. It was possible that her own family would be going home that way because it was a little shorter than round by the main road.

A small group of people came near her; she recognised by their voices that they were Peaitin Johnny's family. They passed. Another group; the Boatman's family. They came that close to her that Eamonn walked on her poor bare little foot.

She almost cried out for the second time, but instead she squeezed herself tighter to the wall. Another crowd was approaching; Great God! Her own family!

Cuimin was saying: 'Wasn't Marcuseen's dancing great sport?' Her mother's dress brushed against Nora's cheek as they were passing by; she didn't draw her breath all that time. A few more groups went past. She listened for a while. Nobody else was coming. They must have all gone home, she said to herself.

She came out from her hiding-place and raced across the path. Plimp! She ran into somebody. She felt two big hands around her, and heard a man's voice. It was the priest.

'Who's that?' asked Father Ronan.

She told a lie. What else could she do?

'Cuimin Col Labhras, Father,' she said.

He laid a hand on each of her shoulders and looked down at her. Her head was bent.

'I thought that you went home with your father and mother,' he said.

'I did Father, but I lost my cap and came back to look for it.'

'Isn't your cap on your head?'

'I found it on the path.'

amach ar shráid na scoile faoi sin. Do chaithfeadh sí fanacht i bhfolach go mbeidís ar fad imithe. Do dhruid sí isteach leis an mballa chomh dlúth agus d'fhéad sí. Do chuala sí na daoine ag caint agus ag gáirí, agus d'aithin sí go rabhadar ag scaipeadh i ndiaidh a chéile.

Céard é sin? Glórtha daoine ag teacht chuici; fuaim coiscéim ar an gcasán ina haice.

Is ansin do chuimhnigh sí go raibh aithghiorra thart le cúl an tí agus go mbeadh roinnt daoine ag dul an t-aithghiorra. B'fhéidir go mbeadh a muintir féin ag dul an bealach sin, mar do bhí sé beagán níos giorra ná thart le bóthar.

Tháinig scata beag chuici: d'ait hin sí ar a nglórtha gurab iad muintir Pheaitín Johnny iad. Do chuadar thart. Scata beag eile: muintir an Bhádóra. Thángadar chomh gar sin di gur shatail Éamonn ar a coisín bocht nochtaithe.

Is beag nár lig sí scread aisti an dara huair, ach ní dhearna ach í féin do bhrú níos goire don bhalla. Do bhí scata eile i leith: a Dhia mhóir, a muintir féin!

Do bhí Cuimín ag rá: 'Nárbh iontach an spórt Marcuisín ag damhsadh?' Do chuimil gúna a máthar le leacain Nóra ag dul thart dóibh; níor tharraing sí a hanáil ar feadh an ama sin. Do chuaigh dream nó dhó eile thart. D'éist sí ar feadh tamaill. Ní raibh éinne eile ag teacht. Is amhlaidh do bhíodar ar fad imithe, adúirt sí léi féin.

Amach léi as a hionad folaigh agus do lasc léithi thart an cosán. Plimp! Do rith sí in aghaidh duine éigin. Do bhí dhá láimh mhóra timpeall uirthi. Do chuala sí glór fir. D'aithin sí an glór. An sagart do bhí ann.

'Cé tá agam?' adeir an tAthair Rónán.

D'inis sí bréag. Céard eile do bhí lena insint aici?

'Cuimín Chóil Labhráis, a Athair,' ar sise.

Do leag sé láimh ar gach gualainn léi agus d'fhéach síos uirthi. Do bhí an ceann cromtha aici.

'Shíl mé gur imigh tú abhaile led athair agus led mháthair,' ar seisean.

'D'imigh, a Athair, ach chaill mé mo chaipín agus tháinig mé ar ais á iarraidh.'

'Nach bhfuil do chaipín ort?'

'Fuair mé ar an gcosán é.'

'Haven't your father and mother taken the short-cut?'

'They have, Father, but I am going home by the main road so that I'll be with the other boys.'

'Off with you then, or the ghosts will catch you.' With that Father Ronan let her go from him.

'Good night, Father,' she said. She didn't remember to take off her cap, but she courtesyed to the priest like a girl. If the priest managed to notice that much, he hadn't got time to say a word, for she disappeared very quickly.

As she ran up the main road, her two cheeks were red-hot with shame. She was after telling four big lies to the priest and she was afraid that those lies were a terrible sin on her soul. She got afraid as she travelled that lonely road in the darkness of the night with such a load on her heart.

The night was very dark, but there was a little light on her right hand. This came from the Turlagh Beg lake. Some bird, a curlew or a snipe rose from the brink of the lake, letting mournful cries out of it.

Nora was startled after hearing the voice of the bird and the drumming of its wings so suddenly. She hurried on, with her heart beating against her breast. She left Turlagh Beg behind her and faced the long straight road that leads to Kilbrickan Cross. She could only barely recognise the shape of the houses on the hill when she reached the cross-roads.

There was a light in the house of Peadar O Neachtain and she heard voices from the side of Snamh Bo. She followed on, drawing near to Turlagh. When she reached Cnocan na Mona, the moon came out and she saw the outline of the hills in the distance. A big cloud passed by the face of the moon then, and it seemed to her that the night was twice as black, at that moment.

She became completely terrorised when she remembered that the Hill of the Grave wasn't too far off and that the graveyard would be on her right, once she passed it. She had often heard that this was an evil place in the middle of the night.

She sharpened her pace and began running. She imagined that she was being followed, that there was a bare-footed

'Nach bhfuil t'athair agus do mháthair imithe an t-aith-giorra?'

'Tá, a Athair, ach tá mise ag dul an bóthar ionas go mbeidh mé leis na gasúir eile.'

'Gread leat, mar sin, nó bhéarfaidh na taibhsí ort.' Leis sin do lig an tAthair Rónán uaidh í.

'Go dtuga Dia oíche mhaith dhuit, a Athair,' ar sise. Níor chuimhnigh sí ar a caipín do bhaint di ach is amhlaidh d'umhlaigh sí don tsagart ar nós cailín! Má thug an sagart an méid sin fá deara ní raibh am aige focal do rá mar do bhí sí imithe ar iompó do bhoise!

Do bhí a dhá grua ar dearg-lasadh le náire agus í ag tabhairt aghaidh ar an mbóthar. Do bhí sí tar éis ceithre bréaga móra do dhéanamh leis an sagart! Dob eagal léi gur peaca uafásach ar a hanam na bréaga sin. Do bhí faitíos uirthi ag dul an bóthair uaignigh úd fá dhorchadas na hoíche agus an t-ualach mór sin ar a croí.

Do bhí an oíche an-dubh. Do bhí gealadh beag ar thaobh a láimhe deise. Lochán an Turlaigh Bhig do bhí ann. D'éirigh éan éigin, crotach nó naoscach, de bhruach an locha ag ligint screada brónaí as. Do baineadh geit as Nóra nuair do chuala sí glór an éin chomh hobann sin agus siabhrán a sciathán. Do lean uirthi agus a croí ag bualadh in aghaidh a huchta. D'fhág sí an Turlach Beag ina diaidh agus thug aghaidh ar an mbóthar fada díreach a théann go cros-bhóthar Chill Bhriocáin. Is ar éigin d'aithin sí cuma na dtithe ar an árdán nuair do shrois sí an cros-bhóthar.

Do bhí solas i dteach Pheadair Uí Neachtain agus do chuala sí glórtha ó thaobh Shnámh Bó. Do lean uirthi ag tarraing ar an Turlach. Nuair do shroich sí Cnocán na Móna, tháinig gealach amach, agus do chonaic sí uaithi mothar na gcnoc. Tháinig scamall mór trasna aghaigh na gealaí agus do chonacthas di gur dhuibhe fá dhó do bhí an oíche anois.

Do ghabh imeagla í, óir do chuimhnigh sí nach raibh Cnoc an Leachta i bhfad uaithi, agus go mbeadh an reilig ar thaobh a láimhe deise ansin. Is minic a chuala sí gur droch-áit é sin i lár na hoíche.

Do ghéaraigh sí ar a himeacht; do thosaigh ag rith. Do conacthas di go rabhthas ar a tóir; go raibh bean chosnocht-

woman treading almost on her heels and that there was a child with a white shirt on him, walking before her on the road.

She opened her mouth to scream, but she couldn't utter a sound. She soon broke into a cold sweat. Her legs seemed to bend under her, and she nearly fell in a heap on the road.

By that time she had arrived at the Hill of the Grave. It seemed to her that Cill Eoin was full of ghosts. She remembered the words the priest said: 'the ghosts will catch you'. They were on top of her!

She thought she heard the plub plab of bare feet on the road. She turned to her left and leapt over the ditch. She almost drowned in a blind hole that was unknown to her, between her and the wood. She twisted her foot trying to save herself and felt pangs of pain. She reeled onwards into the fields of Ellery. She saw the light of the lake through the branches. She tripped over the root of a tree and fell to the ground, unconscious.

After a long time, she imagined that the place was filled with a kind of half-light, a light that was between the light of the sun and the light of the moon. She saw very clearly the treestumps, dark against a yellowish-green sky. She never saw a sky of that colour before and she thought that it was very beautiful.

She heard a footstep and she knew that there was somebody coming up towards her from the lake. She knew somehow that a great miracle was about to be shown to her and that someone was going to suffer some dreadful passion there. She hadn't long to wait until she saw a young man struggling wearily through the tangle of the wood.

He had his head bent and he appeared to be very sorrowful. Nora recognised him. It was the Son of Mary and she knew that he was going to his passion all alone.

He threw himself on His knees and began to pray. Nora didn't hear one word he said, but she understood in her heart what He was saying. He was asking His Eternal Father to send somebody to Him to help Him against His enemies and to bear half of His heavy burden. Nora wanted to get up and go to

aithe ag satailt beagnach lena sála; go raibh fear caol dubh ag gluaiseacht lena taobh; go raibh páiste agus léine bhán air ag imeacht an bóthar roimpi.

D'oscail sí a béal le scread do ligint aisti, ach níor tháinig aon ghlór uaithi. Do bhí fuar-allas léi. Do bhí a cosa ag lúbadh fúithi. Is beag nár thit sí ina cnap ar an mbóthar.

Do bhí sí ag Cnoc an Leachta fán am sin. Do conacthas di go raibh Cill Eoin lán de thaibhsí. Do chuimhnigh sí ar an bhfocal adúirt an sagart: 'Fainic an mbéarfadh na taibhsí ort', Do bhíothas chuici!

Do chuala sí, dar léi, plub plab cos nochtaithe ar an mbóthar. Thiontaigh sí ar thaobh a láimhe clé agus do chaith léim thar claí. Is beag nach ndeachaigh sí dá báthadh i dtóin-ar-bhogadh do bhí idir í féin agus an choill i ngan fhios di. Do chas sí a chos ag iarraidh í féin do shábháil agus do mhothaigh sí pian. Ar aghaidh léi go fuadrach. Do bhí sí ar thailte Eileabhrach ansin. Do chonaic sí lóchrann an locha trín gcraobhach. Do bhain fréamh crainn tuisle aisti agus do leagadh í. Do chaill sí a meabhair.

Tar éis tamaill an-fhada do samhlaíodh di gur líonadh an ait de chinéal leathsholais, solas do bhí idir solas gréine agus solas gealaí. Do chonaic sí go hansoiléir boinn na gcrann agus iad dorcha in aghaidh spéire buí-uaithne. Ní fhaca sí spéar ar an dath sin riamh roimhe, agus dob álainn léi í.

Do chuala sí an choiscéim, agus do thuig sí go raibh duine éigin ag teacht chuici aníos ón loch. Do bhí a fhios aici ar mhodh éigin go raibh míorúilt ábhal-mhór ar tí a taispéanta di agus go raibh páis uafásach éigin le fuiling ansin ag Duine éigin. Níorbh fhada di ag fanúint go bhfaca sí mac óg ag triall go tuirseach trí aimhréidh na coille.

Do bhí a cheann cromtha aige agus cuma mór-bhróin air. D'aithin Nóra é. Dob é Mac Mhuire a bhí ann agus do bhí a fhios ag Nóra go raibh sé ag triall ina aonar chun a pháise.

Do chaith an mac é féin ar a ghlúine agus do ghabh ag guí. Ní chuala Nóra aon fhocal uaidh, ach do thuig sí ina croí cad do bhí sé do rá. Do bhí sé á iarraidh ar a Athair Síoraí duine do chur chuige do sheasfadh lena thaobh i láthair a námhad agus d'iompródh leath a ualaigh. Ba mhian le Nóra éirí agus dul

Him, but she couldn't stir from where she was.

She heard a noise and the place was filled with armed men. She saw dark, devilish faces and grey swords and edged weapons.

The gentleman was seized fiercely, His clothes were torn from Him and He was lashed with scourges until His body was a bloody mass and an everlasting wound from head to feet.

Then a crown of thorns was placed on His gentle head, a cross was laid on His shoulders and He slowly commenced His sorrowful journey to Calvary. The chain that was tying Nora's tongue and limbs up to that broke and she exclaimed loudly:

'Let me go with you, Jesus, and carry Your Cross for you.'

She felt a hand on her shoulder. She looked up and saw her father's face.

'What's wrong with my little girl or why did she leave us?' he asked.

He lifted her up in his arms and brought her home. She lay in bed for a month after that. She was out of her mind, half of that time, and sometimes imagined that she was travelling the roads by herself, asking people the way. Other times, she imagined that she was lying under a tree in Ellery, seeing again the passion of that gentle man, and trying to help him but being unable to do so.

Finally she returned to normal and saw that she was at home. And when she recognised her mother's face her heart was filled with gladness and she asked her to put the baby into the bed with her so that she could kiss him.

'O, Mammy,' she said. 'I thought I would never see you, or my father, or Cuimín, or the baby again. Were you here all the time?'

'We were, pet,' her mother replied.

'I'll always stay with you from this out,' she said. 'O, Mammy the roads were very dark... ...And I'll never hit you again,' she

chuige, ach níor fhéad sí corraí as an áit ina raibh sí.

Do chuala sí gleo, agus do líonadh an áit de lucht airm. Do chonaic sí aghaidheanna dorcha diabhlaí agus lí lann agus arm faobhair.

Rugadh go náimhdeach ar an mac mánla agus do stracadh a chuid éadaigh de agus do gabhadh de sciúirsí ann go raibh a cholainn ina cosair cró agus ina bioth-ghoin ó mhalainn go bonn troighe.

Do cuireadh coróin spíonta ar a mhullach mhodhúil ansin agus do leagadh croch ar a ghuaillé agus d'imigh roimhe go troigh-mhall truánta bealach brónach a thurais chun Calbhairí. Do bhris an slabhra do bhí ag ceangal teangan agus ball Nóra go dtí sin agus do scread sí os árd:

'Lig dom dul leat, a Íosa, agus an chroch d'iompar duit!' ar sise.

Do mhothaigh sí lámh ar a gualainn. D'fhéach sí suas. Do chonaic sí éadan a hathar.

'Céard tá ar mo chailín beag, nó tuige ar imigh sí uainn?' arsa guth a hathar.

Do thóg sé ina bhaclainn í agus thug abhaile í. Do luigh sí ar a leaba go ceann míosa ina dhiaidh sin. Do bhí sí as a meabhair leath an ama sin, agus do shíl sí ar uaireannta go raibh sí ag siúl na mbóthar ina cadhan aonraic, agus ag iarraidh eolais an bhealaigh ar dhaoine, agus do shíl sí ar uaireanta eile go raibh sí ina luí fán gcrann istigh in Eileabhrach agus go raibh sí ag féachaint arís ar pháis an mhic mhánla agus í ag iarraidh teacht do chúnamh air ach gan é ar a cumas.

D'imigh na mearbhaill sin as a haigne i ndiaidh a chéile agus do thuig sí sa deireadh go raibh sí sa mbaile arís. Agus nuair d'aithin sí éadan a máthar do líonadh a croí de shólás, agus d'iarr sí uirthi an naoinéan do chur isteach san leaba chuici, agus nuair do cuireadh isteach sa leaba é, do phóg sí go dil é.

'A Mhaimín,' ar sise, 'shíl mé nach bhfeicfinn tusa ná m'athair ná Cuimín ná an páiste arís go bráth. An raibh sibh anseo ar feadh na haimsire?'

'Bhí, a uain ghil,' adeir a máthair.

'Fanfaidh mé san áit a bhfuil sibh-se,' ar sise. 'A Mhaimín chroí, bhí na bóithre an-dorcha... Agus ní bhuailfidh mé go

said to the baby giving him another kiss.

The baby put his arm around her neck, and she curled herself up in the bed at her ease.

deo arís thú,' ar sise leis an leanbh agus í ag tabhairt póigín eile
dhó.

Do chuir an leanbh a lámh timpeall a muineáil agus do rinne
sí lúb di féin ar an leaba ar a lán-sástacht.

THE BLACK CHAFER

AN DEARG-DAOL

It was a tramp from the Joyce country who came into our house one wild wintry night that told us the story of the 'Black Chafer' as we sat around the fire.

The wind was wailing around the house, like women keening the dead, as he was speaking, and he made his voice rise or fall according as the wind rose or fell.

He was a tall man with wild eyes and his clothes were almost in tatters. In a way, I was afraid of him, when I first saw him, and his story did nothing to lessen that fear.

'The three most blessed animals in the world,' he said, 'are the haddock, the robin and the lady-bird. And the three most cursed animals are the snake, the wren and the black chafer. And the black chafer is the most cursed of them all.

'I know that only too well. If a man should kill your son, woman of the house, never call him a black chafer, or if a woman should come between you and your husband, don't compare her with the black chafer'.

'God save us,' my mother said.

'Amen,' he replied.

The tramp didn't speak again for some time. We all stayed quiet because we knew he was going to tell us a story. It wasn't long before he began.

When I was a boy (he began), there was a woman in our village that everyone was afraid of. She lived in a little lonely cabin in a mountain-gap and nobody would ever go near her house. Neither would she come near anyone's house herself. Nobody would speak to her when they met her on the road, and she never stopped to talk with anybody either.

You would have pity for the creature just to see her walking the roads by herself, alone.

'Who is she,' I used to ask my mother, 'or why won't they speak to her?'

Fear siúil as Dúthaigh Sheoighe tháinig isteach i dteach m'athar d'inis an scéal seo dhúinn cois teallaigh, oíche gharbh gheimhridh.

Do bhí an ghaoth ag caoineadh thart timpeall an tí, ar nós mná ag caoineadh marbh, le linn labhartha dhó, agus do-ghníodh sé a ghlór d'árdú nó d'ísliú de réir mar d'árdaíodh nó mar d'íslíodh glór na gaoithe.

Fear árd do bhí ann, súile, fiáine aige, agus a chuid éadaigh beagnach ina mbalcaisí. Do bhí saghas eagla orm roimhe nuair tháinig sé isteach agus níor lúide m'eagla a scéal.

Na trí feithidí is beannaithe ar an domhan, arsan fear siúil, an chadóg, an spideoigín agus bó Dé. Agus na trí feithidí is mallaithe ar an domhan, an nathair nimhe, an dreoilín agus an dearg-daol. Agus sé an dearg-daol an feithide is mallaithe acu.

'Is agam-sa atá a fhios sin.' Dá maródh fear do mhac, a bhean an tí, ná tabhair dearg-daol mar ainm air. Dá dtiocfadh bean idir tú féin agus do chéile leapan ná cuir i gcomórtas leis an dearg-daol í.

'Sabhála Dia sinn,' adeir mo mháthair.

'Ámén, a Thiarna,' arsan fear siúil.

Níor labhair sé arís go ceann scathaimh. D'éisteamar ar fad, mar do bhí a fhios againn go raibh sé chun scéal d'insint. Ba ghearr gur thosaigh sé.

Nuair a bhí mise 'mo scurach, arsan fear siúil, bhí bean ar an bpobal s'againne a raibh faitíos ar chúile dhuine roimpi. I mbothán uaigneach i mám sléibhe a bhí cónaí uirthi. Ní ghabhadh aon duine i bhfoisceacht dá teach. Ní thagadh sí féin i ngar do theach duine ar bith eile. Ní labhraití léi nuair a castaí do dhuine ar an mbóthar í. Ní chuireadh sise focal na fáisnéis ar dhuine ar bith. Ba thrua leat an créatúir a fheiceáil agus í ag gabháil an bhóthair ina haonar.

'Cé hí siúd,' adeirinn-se lem mháthair, 'nó tuige nach labhraítear léi?'

'Shh-hh- boy,' she always replied. 'That's the Black Chafer, a woman with a curse on her.'

'What did she do or who put the curse on her?'

'She was cursed by a priest, they say, but nobody knows what she did.'

And that's all the information I could get about her until I was a grown chap. Even then, I could find out nothing, except that she committed some dreadful sin, when she was young, and that she was cursed publicly by a priest on account of it. One Sunday, when the people were assembled at Mass, the priest turned around and said from the altar:

'There is a woman here that will merit eternal damnation for herself and for every person friendly with her. And I say to that woman, that she is a cursed woman, and I say to you, to be as neighbourly to her, as you would be to a black chafer.'

'Then he said: 'Rise up now, Black Chafer, and avoid the company of decent people from this out!'

The poor woman got up and went out of the chapel. She was never called anything after that, except The Black Chafer, and her real name was soon forgotten. It was said that she had the evil eye. If she ever looked on a calf or sheep that wasn't her own, the animals died. Before long, the women were afraid to let their children out on the village-street if she was passing by.

I married a very attractive girl when I was twenty-one. We had a little girl and were expecting another child. One day when I was cutting turf on the bog, my wife was feeding the hens in the street, when she saw – God between us and harm – the Black Chafer coming up the bohereen carrying the girl in her arms. One of the child's arms was woven around the woman's neck, and her shawl covered the mite's little body. My wife was speechless!

The Black Chafer laid the little girl in her mother's arms and my wife noticed that her clothes were wet.

'What happened the child? she asked.

'Éist, a ghiolla,' adeireadh mo mháthair liom. 'Sin í an Dearg-Daol. Is bean mhallaithe í.'

'Céard a rinne sí nó cé chuir an mhallacht uirthi?' adeirinn-se.

'Sagart Dé a chuir an mhallacht uirthi,' adeireadh mo mháthair. 'Níl a fhios ag duine ar bith céard a rinne sí.'

Agus sin a bhfuaireas d'eolas ina taobh go rabhas im stócach fhásta. Agus go deimhin díbh, a chomharsana, níor chuala mé ina taobh riamh ach go ndearna sí peaca náireach éigin i dtús a saoil agus gur chuir an sagart a mhallacht uirthi ós comhair an phobail i ngeall ar an bpeaca sin. Domhnach amháin dá raibh an pobal cruinnithe ag an Aifreann, thiontaigh an sagart thart orthu, agus ar seisean:

'Tá bean anseo,' ar seisean, 'thuillfeas damnú síoraí dí féin agus do chuile dhuine dhéanfas caidreamh léi. Agus adeirim-se leis an mbean sin,' ar seisean, 'gur bean mhallaithe í agus adeirim-se libh-se gan caidreamh ná comharsanacht a bheith agaibh leis an mbean sin ach an oiread is a bheadh le dearg-daol.

'Éirigh romhat anois, a Dhearg-Daoil,' ar seisean, 'agus seachain comhluadar dea-dhaoine feasta!'

D'éirigh an bhean bhocht agus thug sí doras an tséipéil amach uirthi féin. Ní raibh d'ainm uirthi ó shin ach an Dearg-Daol. Ligeadh a hainm is a sloinne féin as cuimhne. Deirtí go raibh súil fhiata aici. Dá mbreathnaíodh sí ar ghamhain no ar chaorigh nár léi, gheobhadh an beithíoch bás. Bhí faitíos ar na mná a gcuid páistí a ligint amach ar an tsráid dá mbeadh an Dearg-Daol ag siúl an bhealaigh.

Phós mise cailín dóighiúil nuair a bhí mé in aois mo bhliana is fiche. Bhí gasúr beag de ghearrchaile againn agus súil againn le leanbh eile. Lá amháin dá raibh mé ag baint móna sa bportach, bhí mo bhean ag beathú na héanlaithe ar an tsráid nuair a chonaic sí – Dia idir sinn agus an anachain – an Dearg-Daol ag déanamh uirthi aníos an bóithrín agus an pataire beag ina hucht aici. Bhí lámh na girsí timpeall muineáil na mná, agus a séal-se dá folach. Níor fhan caint ag mo bhean-se.

Leag an Dearg-Daol an cailín beag in ucht a máthar. Thug mo bhean-sa fá deara go raibh a cuid éadaigh fliuch.

'Céard d'éirigh don leanbh?' ar sise.

'She was looking for water-lilies around the Pool of the Rushes when she fell in,' the woman replied. 'I was crossing the road when I heard her screaming. I jumped over the ditch and managed to catch her just in the nick of time.

'May God reward you,' said my wife. The other woman went off before she had time to say anymore. My wife brought the child inside, dried her and put her to bed. When I came home from the bog she told me what had happened. We both prayed for the Black Chafer that night.

The following day, the little girl began to prattle about the woman that saved her. 'The water was in my mouth, and in my eyes and in my ears,' she told us, 'I saw shining sparks and heard a great noise; I was slipping and slipping and suddenly I felt a hand about me, and she lifted me up and kissed me. I thought I was at home when I was in her arms with her shawl around me.'

A few days after that, my wife discovered that the child was missing. She was missing for a couple of hours. When she came home, she told us that she was after paying a visit to the woman that saved her life. 'She made a cake for me,' she told us. 'There is nobody in the house but herself so I promised her that I'd call in to see her every day.'

Neither my wife nor I could say a word against her. The Black Chafer was after saving the girl's life so it wouldn't have been natural to prevent her from going up to the lonely house in the gap of the mountain. From that day onwards the child went up the hill to see her every evening.

The neighbours told us that it wasn't right. In a way, we knew that we were wrong, but how could we help it?

Would you believe me, friends? From the day the Black Chafer laid eyes on the little girl she began to dwindle and dwindle like a fire that couldn't be kindled! She soon lost her appetite and strength and after three months she was only a shadow. A month later she was in the churchyard.

The Black Chafer came down the mountain the day she was buried. They wouldn't let her into the graveyard. She turned back sorrowfully and slowly traced her footsteps up the mountain path again. I pitied the poor creature, because I knew that our trouble was no heavier than her own.

'Titim isteach i Lochán na Luachra a rinne sí,' adeir an Dearg-Daol. 'Ar thóir bileogaí báite a bhí sí. Bhí mé ag dul thart ar an mbóthar agus chuala mé a scread. Isteach thar chlaí liom. Ní raibh ann ach go rug mé uirthi ar éigin.'

'Go gcúití Dia thú,' arsa mo bhean. D'imigh an bhean eile sul a raibh am aici níos mó a rá. Thug mo bhean an ruidín beag isteach, thiormaigh sí í, agus chuir a chodladh í. Nuair tháinig mé féin isteach ón bportach d'inis sí an scéal dom. Thug an bheirt againn ár mbeannacht don Dearg-Daol an oíche sin.

Lá ar na mhárach thosaigh an cailín beag ag caint ar an mbean a shábháil í. 'Bhí an t-uisce isteach im bhéal agus im shúile agus im chluasa,' ar sise; 'chonaic mé tintreacha geala agus chuala mé torann mór; bhí mé ag sleamhnú, ag sleamhnú,' ar sise, 'mhothaigh mé an lámh timpeall orm agus thóg sí ina hucht mé agus phóg sí mé. Cheap mé go raibh mé sa mbaile nuair a bhí mé ar a hucht agus a seál timpeall orm,' ar sise.

Cúpla lá ina dhiaidh sin d'airigh mo bhean an cailín beag uaithi. Bhí sí ar iarraidh ar feadh cúpla uair. Nuair a tháinig sí abhaile d'inis sí dhúinn go raibh sí tar éis cuairt a thabhairt ar an mbean a shábháil í 'Rinne sí cáca dom,' ar sise. 'Níl duine ar bith sa teach aici ach í féin agus dúirt mé léi go ngabhfainn ar cuairt aici chuile thráthnóna.'

Níor fhéad mise ná mo bhean focal a rá ina haghaidh. Bhí an Dearg-Daol tar éis anam ár ngirsí a shábháil, agus ní bheadh sé nádúrtha a chrosadh ar an leanbh dul isteach ina teach. Ón lá sin amach, théadh an cailín beag suas an cnoc chuici gach ré lá.

Dúirt na comharsana linn nach raibh sé ceart. Bhí sort amhrais orainn féin nach raibh sé ceart, ach cén neart a bhí againn air?

An gcreidfeadh sibh mé, a dhaoine? Ón lá leag an Dearg-Daol súil ar an gcailín beag, thosaigh sí ag imeacht as, ag imeacht as, mar d'imeodh tine nach ndeasófaí. Chaill sí a goile agus a lúth. Tar éis ráithe ní raibh ann ach a scáil. Tar éis míosa eile bhí sí sa gcill.

Tháinig an Dearg-Daol anuas an sliabh an lá ar cuireadh í. Ní ligfí isteach sa reilig í. D'imigh sí a bealach suas an sliabh arís go huaigneach. Bhí trua agam don chréatúir, mar bhí a fhios agam nár mhó ár mbrón-ne ná a brón-se.

The next morning I went up the mountain path myself. I meant to tell her that neither my wife nor myself bore her any grudge or blamed her for what had happened. I knocked at her door but got no answer. I went in and saw that the ashes were red on the hearth. There was nobody at all to be seen. Then I noticed a bed in a corner of the room, so I went over to it. The Black Chafer was lying on it... cold and dead.

From that day onwards my household and myself have been plagued with disaster. My wife died in childbirth a month afterwards. The baby didn't survive. My cattle picked up some disease the following winter and the landlord put me out of my holding. I have been travelling the roads of Connacht, as a walking man, ever since.

Chuaigh mé féin suas an cnoc maidin lá ar na mhárach. Bhí fúm a rá léi nach raibh aon mhilleán agam-sa ná ag mo bhean uirthi. Bhuail mé ar an doras. Ní bhfuair mé aon fhreagra. Chuaigh mé isteach sa teach. Bhí an ghríosach dearg ar an teallach. Ní raibh duine ar bith le feiceáil. Thug mé leaba fá deara sa chúinne. Chuaigh mé anonn go dtí an leaba. Bhí an Dearg-Daol ina luí ansin agus í fuar marbh!

Ní raibh aon rath orm-sa ná ar mo chomhluadar ón la sin amach. Cailleadh mo bhean mí ina dhiaidh sin agus í ag breith a linbh. Níor mhair an leanbh. Tháinig galar ar mo bheithígh an geimhreadh dár gcionn. Chuir an tiarna amach as mo sheilbh mé. Tá mé im fhear shiúil, agus bóithre Connacht romham, ó shin i leith.

THE KEENING WOMAN

AN BHEAN CHAOINTE

I

'Coleen,' my father said to me one morning after breakfast as I was getting my books together to go to school, 'I have a job for you today. Sean will tell the master that I kept you at home myself, or else he'll be thinking that you're mitching, like you were last week. Don't forget now, Sean.'

'I won't,' Sean replied, making a face. He wasn't too pleased, because my father didn't ask him to do the job. I was more than satisfied, for I always had trouble with my lessons and the master had promised me a beating the day before unless I'd have them at the tip of my tongue today.

When Sean had gone off my father told me that he wanted me to bring the ass and cart to Screeb and draw home a load of sedge.

'Michileen Màire is cutting it for me,' he said. 'We'll be putting the new roof on the house the day after tomorrow, if the weather keeps up.'

'Michileen brought the ass and cart off with him this morning,' I told him.

'You'll have to walk then,' he replied. 'As soon as Michileen has an ass-load cut, bring it home on the cart, and let Michileen tear away until he's black. We'll draw the rest tomorrow.'

It wasn't long before I started the journey to Screeb. I walked towards Turlagh after passing through Kilbrickan. I left Turlagh behind me and made for Gortmore. I stopped for a while to look at a rowing boat on Loch Ellery and later to play with some lads from Inver that were late going to Gortmore school.

I

'A Chóilín,' arsa m'athair liom maidin amháin tar éis an bhricfeasta, agus mé ag cur mo chuid leabhar le chéile le bheith ag bogadh liom ar scoil, 'a Chóilín,' ar seisean, 'tá gnaithe agam díot inniu. Inseoidh Seán don mháistir gur mise a choinnigh sa mbaile thú, nó sé an chaoi beidh sé ag ceapadh gurb i bhfolach atá tú, mar bhí tú an tseachtain seo ghabh tharainn. Ná déan dearmad anois air, a Shéain.'

'Ní dhéanfad, a athair,' arsa Seán agus pus air. Ní raibh sé ro-bhuíoch fá rá is nach dhe féin a bhí gnó ag m'athair. Do bhí an mac seo go rí-shásta, mar ní raibh mo cheachta ach go dona agam agus do gheall an máistir griosáil dom an lá roimhe sin muna mbeidís ar bharr mo ghoib agam an chéad lá eile.

'Séard dhéanfas tú, a Chóilín,' arsa m'athair, nuair do bhí Seán bailithe leis, 'an t-asal agus an cáirrín a thabhairt leat go Scríob agus ualach cíbe a tharraingt abhaile. Tá sí á baint ag Micilín Mháire dom. Beimid ag tosú ar an gceann nua a chur ar an teach arú amárach, le cúnamh Dé, má sheasann an aimsir.

'Thug Micilín an t-asal agus an cárr leis ar maidin,' arsa mise.

'Beidh ort é thabhairt fá na bonnachaibh, mar sin, a mhic ó,' arsa m'athair. 'Chomh luath is bhéas ualach asail bainte ag Micilín croch tusa abhaile leat ar an gcárr é agus réabadh Micilín leis go mbeidh sé dubh. Tarraingeoimid an chuid eile amárach.'

Níorbh fhada go rabhas ag baint choiscéime den bhóthar. Thugas mo chúl ar Chill Bhriocáin agus m'aghaidh ar an Turlach. D'fhágas an Turlach i mo dhiaidh agus do rinneas ar an nGort Mór. Do sheasas scáthamh ag féachaint ar bhád rámha do bhí ar thuinn Loch Eileabhrach, agus scathamh eile ag spallaíocht le cuid de bhuachaillí an Inbhir do bhí mall ag

I left them at the gate of the school and went on to Glencaha. I stopped for the third time to watch a big eagle sunning himself on Carrigacapple.

I went eastwards then to Derrybanniv, and I hadn't left home an hour and a half, when I cleared Glashaduff Bridge.

There was a house, at that time, a couple of hundred yards east of the bridge, near the road, on your right-hand side, as you were drawing towards Screeb.

I had often seen an old woman standing in the doorway of that house before, but I didn't know her, and she never spoke to me. She was a tall thin woman, with her hair as white as snow and two dark eyes like burning coals, flashing in her head. She was a woman that would frighten me if I met her in a lonely place at night-time.

Sometimes, as I passed by, she'd be knitting or carding and always crooning in a low mumble to herself, but mostly she'd be standing in the doorway, glancing up and down the road as if she'd be waiting for someone that had left her, to come home.

She was standing there, that morning as usual, her hand to her eyes, staring up the road. When she saw me passing she nodded her head to me. I went over to her.

'Do you see anyone coming up the road?' she asked.

'No.'

'I thought I saw somebody. I couldn't have been mistaken. Look, isn't that a young man coming towards us?'

'Devil a one I see. There's nobody between here and the bend in the road,' I said.

'I was mistaken, then,' she said. 'My sight isn't as good as it used to be. I thought I saw him coming. I don't know what's keeping him.'

'Who are you waiting on?'

triall ar scoil an Ghoirt Mhóir.

D'fhágas mo bheannacht acu sin ag geata na scoile agus rángas Gleann Chatha. Do sheasas an tríú huair ag breathnú ar iolrach mór do bhí á ghrianadh féin ar Charraig an Chapaill.

Soir liom ansin go rabhas i nDoire an Bhainbh agus ní raibh an uair go leith caite nuair do ghlanas Droichead na Glaise Duibhe.

Do bhí teach an am sin cúpla céad slat soir ó Dhroichead na Glaise Duibhe, le hais an bhóthair ar thaobh do laimhe deise ag tarraingt ar an Scríb dhuit.

Ba mhinic roimhe sin do chonacas seanbhean ina seasamh i ndoras an tí sin, ach ní raibh aon aithne agam uirthi, ná níor chuir sí caint ná caidéis riamh orm. Bean ard chaol do bhí inti, a cloigeann chomh geal leis an sneachta, agus dhá shúil dubha mar do bheadh dhá aibhleoig, ar lasadh ina ceann. Ba bhean í do chuirfeadh scanradh orm dá gcasfaí dhom in áit uaigneach de shiúl oíche í.

Scaite do bhíodh sí ag cniotáil nó ag cárdáil agus í ag crónán ós íseal di féin; ach sé an rud is mó do bhíodh sí do dhéanamh nuair do ghabhainn-se an bealach, ina seasamh sa doras agus ag breathnú uaithi soir is anoir an bóthar go díreach is dá mbeadh sí ag fanúint le duine éigin do bheadh amuigh uaithi agus í ag súil leis abhaile.

Do bhí sí ina seasamh ann an mhaidin sin mar ba ghnách léi, a lámh ar a súile aici agus í ag breathnú uaithi soir an bóthar. Nuair do chonaic sí mise ag dul thairstí, do sméid sí a ceann orm. Do chuaigh mé anonn chuici.

'An bhfeiceann tú duine ar bith ag tíocht anoir an bóthar?' ar sise.

'Ní fheicim,' arsa mise.

'Cheap mé go bhfaca mé duine éicint. Ní féidir go bhfuil mé ag dul amú. Féach, nach sin fear óg ag déanamh orainn anoir?' ar sise.

'Dheamhan a bhfeicim-se dhe,' arsa mise. 'Níl duine ar bith idir an spota ina bhfuilmid agus casadh an bhóthair.'

'Bhí mé ag dul amú mar sin,' ar sise. 'Níl m'amharc chomh maith agus a bhí lá. B'fhacthas dom go bhfaca mé ag tíocht é. Níl a fhios agam céard tá a choinneáil.'

'Cé tá amuigh uait?' adeirim féin.

'My son.'

'Is he long gone?'

'He went to Oughterard this morning.'

'But, sure he wouldn't be back for a while yet. You'd think that he'd barely be in Oughterard by now even if he was doing his best, unless he went by the morning train from the Burnt House.

'What am I saying?' she said. 'He didn't leave today, but yesterday – or maybe it was the day before yesterday... I forget.'

'If he's coming on the train,' I said, 'he won't be back for a couple of hours yet.'

'On the train? What train?'

'The train that gets into the Burnt House at noon.'

'He never mentioned any train. There was no train coming as far as the Burnt House yesterday.'

'Hasn't there been a train coming to the Burnt House, these years?' I asked in amazement. She didn't answer me, however, but began to stare up the road again. I became sort of afraid of her and started to push onwards.

'If you see him on the road, tell him to hurry up,' she said.

'But I don't know him.'

'You'd easily recognise him. He's the most high-spirited lad in the village. He's young, active and well-built. He has fair hair like yourself, and green eyes... like his father had. He's wearing bawneens.

'If I see him, I'll tell him you're waiting for him.'

'Do, son,' she said.

With that I continued my journey eastwards and left her standing in the doorway.

She was still there, when I was coming home with the load of sedge, a few hours later.

Didn't he come yet?' I asked her.

'No. You didn't see him?'

'No.'

'What can have happened to him?'

'Mo mhac atá amuigh uaim,' ar sise.

'Bhfuil sé i bhfad amuigh?'

'Ar maidin inniu a d'imigh sé go hUachtar Árd.'

'Ach ar ndóigh, ní fhéadfadh sé bheith anseo go fóill,' arsa mise. 'Shílféa gurb ar éigin a bhéadh sé in Uachtar Árd faoi seo, agus a dhícheall á dhéanamh, munab ar thraen na maidne a d'imigh sé ón Teach Dóite.'

'Céard seo tá mé a rá?' ar sise. 'Ní inniu a d'imigh sé ach inné – nó arú inné, b'fhéidir... Tá mé ag cailleadh mo mheabhrach.'

'Más ar an traen atá sé ag tíocht,' arsa mise, 'ní bheidh sé anseo go ceann cúpla uair fós.'

'Ar an traen?' ar sise. 'Cén traen?'

'An traen a bhíos ag an Teach Dóite ag a dó-dhéag.'

'Níor dhúirt sé focal i ngeall ar traen,' ar sise. 'Ní raibh aon traen ag teacht chomh fada leis an Teach Dóite inné.'

'Nach bhfuil traen ag tíocht go dtí an Teach Dóite le na blianta?' arsa mise agus ionadh mór orm. Ní thug sí aon fhreagra orm, ámh. Do bhí sí ag breathnú soir an bóthar arís. Tháinig sort scanraidh orm roimpi agus do bhíos ar tí bailithe liom.

'Má fheiceann tú ar an mbothar é,' ar sise, 'abair leis deifir a dhéanamh.'

'Níl aon aithne agam air,' arsa mise.

'D'aithneófá go réidh é. Sé an buachaill is scafánta ar an bpobal é. Scurach óg lúfar agus é leigthe déanta. Tá cloigeann bán air mar atá ort-sa agus súile glasa aige... mar a bhí ag a athair. Báiníní atá sé a chaitheamh.'

'Má fheicim é,' arsa mise, 'inseoidh mé dhó go bhfuil tú ag fanacht leis.'

'Déan, a mhaicín,' ar sise.

Leis sin do bhogas liom agus d'fhágas ina seasamh sa doras í.

Do bhí sí ann i gcónaí agus mé ag dul abhaile cúpla uair ina dhiaidh sin agus an t-ualach cíbe ar an gcárr agam.

'Níor tháinig sé fós?' arsa mise léi.

'Níor tháinig, a mhúirnín. Ní fhaca tusa é?'

'Ní fhacas.'

'Ceal nach bhfacais? Ní mé beo céard d'éirigh dhó.'

It looked like as if it was going to rain.

'Come in until the shower is over,' she said. 'I don't have company very often.'

I left the ass and cart on the roadway and went into the house.

'Sit down and drink a cup of milk.'

I sat on a bench in a corner near the fireplace, and she gave me a drink of milk and crust of bread. I looked around the house as I was eating and drinking. There was a chair beside the fire with a white shirt and suit of clothes laid on it.

'I have these ready for him when he comes,' she said, 'I washed the bawneens yesterday when he left – no, the day before yesterday – I can't rightly remember when I washed them, but anyway they'll be clean and dry for him when he does come... What's your own name,' she asked suddenly after being silent for some time.

I told her.

'Isn't that strange!' she exclaimed! The very same name that my own son had – has. Who's your father?'

I told her.

'And do you tell me that you're a son of Sean Feichin's?' she continued. 'Your father was in the pub in Oughterard that night...'

She stopped suddenly at this point and a change came over her. She put her hand to her head, you'd think that she was having a fit of madness.

She sat before the fire then and began to stare into the heart. It wasn't long before she began to rock herself gently to and fro over the fire, and to croon or keen in a low voice.

I didn't understand the words properly, or it would be more accurate for me to say that I wasn't concentrating on the words but on the music.

I thought that there was the loneliness of the hills in the dead time of night, or the loneliness of the grave when nothing stirs in it except the worms, in that music. Here are the words as I later heard them from my father:

'Grief on Death, it has blackened my heart;
Stole away my love and left me desolate,

Bhí gothadh báistí ar an lá.

'Gabh isteach go mbeidh an múr thart,' ar sise. 'Is annamh a bhíos cuideachta agam.'

D'fhágas an t-asal agus an cáirrín ar an mbóthar agus do chuaigh mé isteach sa teach.

'Suígh agus ól cupán bainne,' ar sise.

Do shuigh mé ar an mbinnsín sa gclúid agus thug sí deoch bhainne agus ruainne aráin dhom. Do bhíos ag breathnú thart timpeall an tí an fhaid is do bhíos ag ithe agus ag ól. Do bhí cathaoir in aice leis an tine agus léine gheal agus culaith éadaigh leagtha uirthi.

'Tá siad seo réidh agam len' aghaidh nuair a thiocfas sé,' ar sise. 'Nigh mé na báiníní inné tar éis imeachta dó – ní hea, arú inné – níl a fhios agam i gceart cén lá ar nigh mé iad; ach ar chuma ar bith, beidh siad glan tirim roimhe nuair a thiocfas sé... Cia hainm thú féin?' ar sise go hobann tar éis scathaimh di ina tost.

D'inis mé di.

'Muise, mo ghrá thú!' ar sise. 'An t-ainm ceanann céanna is a bhí – a-a-a-atá – ar mo mhac féin. Cé leis thú?'

D'inis mé di.

'Agus an ndeir tú liom gur mac le Seán Fhéichin thú?' ar sise. 'Bhí t'athair sa teach ósta in Uachtar Árd an oíche údan...'

Do stop sí go hobann leis sin agus tháinig athrú éigin uirthi. Do chuir sí a lámh ar a cloigeann. Do cheapfá gur buille do buaileadh uirthi.

Do shuigh sí os comhair na tine ansin agus d'fhan sí ar feadh scathaimh ag féachaint roimpi isteach i gcroí na tine. Ba ghearr gur thosaigh sí á bogadh féin anonn agus anall ós cionn na tine agus ag crónán nó ag caoineadh ós íseal.

Níor thuig mé na focla i gceart, nó dob fhearr liom a rá nach ar na focla do bhíos ag cuimhniú ach ar an gceol.

Chonacthas dom go raibh uaigneas na gcnoc in am marfa na hoíche, nó uaigneas na huaighe nuair nach gciorraíonn inti ach na cnumha, san gceol sin. Seo iad na focla de réir mar do chualas óm athair ina dhiaidh sin iad:

'Brón ar an mbás, sé dhubh mo chroí-se,
D'fhuadaigh mo ghrá is d'fhág mé cloíte,

Without friend or companion under the roof of my
    house,
But this sorrow in my heart, and I keening.
Walking the mountain in the evening
The birds spoke to me sorrowfully,
The sweet snipe and the voiceful curlew,
Telling me that my darling was dead.

I called to you, and your voice I did not hear
I called again and I got no answer,
I kissed your mouth, and O God, wasn't it cold!
Ah! cold is your bed in the lonely churchyard.

And, O green-sodded grave, where my child is,
Narrow, little grave, since you are his bed,
My blessing on you, and thousands of blessings,
On the green sods that are over my pet.

Grief on Death, it cannot be denied,
It lays low, fresh and withered together;
And O gentle little son, it is torturing me
That your fair body should be making clay!'

When she had that finished, she kept on rocking herself to and
fro and keening in a low voice. It was a lonely place to be, in
that backward house with no campany but that solitary old
woman, crooning mournfully to herself by the fireside. I grew
afraid and lonely and rose to my feet.

'It's time for me to be going home,' I said. 'The evening is
clearing.'

'Come here,' she said to me.

I went over to her. She laid her two hands gently on my
head, and kissed my forehead.

'May God watch over you, son,' she said. 'May He let the
harm of the year pass by you, and may He increase the
happiness and good fortune of the year to you and your
family.'

With that, she let me go from her. I left the house and
pushed on homewards.

Gan cara gan compánach fá dhíon mo thí-se,
Ach an léan seo im lár, is mé ag caoineadh!

'Ag gabháil an tsléibhe dhom tráthnóna,
Do labhair an éanlaith liom go brónach,
Do labhair an naosc binn is an crotach glórach
Ag faisnéis dom gur éag mo stórach.

'Do ghlaoigh mé ort is do ghlór ní chualas,
Do ghlaoigh mé arís is freagra ní bhfuaras,
Do phóg mé do bhéal, is a Dhia, nárbh fhuar é! –
Och, is fuar í do leaba sa gcillín uaigneach.

''S a uaigh fhód-ghlas ina bhfuil mo leanbh,
A uaigh chaol bheag, ós tú a leaba,
Mo bheannacht ort, 's na mílte beannacht
Ar na fóda glasa atá ós cionn mo pheata.

'Brón ar an mbás, ní féidir a shéanadh,
Leagann sé úr is críon le chéile –
'S a mhaicín mhánla, is é mo chéasadh
Do cholainn chaomh bheith ag déanamh créafóig'!'

Nuair do bhí sin críochnaithe aici, do lean sí á bogadh féin
anonn agus anall agus ag caoineadh go híseal. B'uaigneach an
áit é bheith sa teach iargúlta úd agus gan de chomhluadar agat
ach an tseanbhean aonraic úd ag caoineadh go cumhach di
féin cois na tine. Tháinig faitíos agus uaigneas orm agus
d'éirigh mé im sheasamh.

'Tá sé in am agam bheith ag dul abhaile,' arsa mise. 'Tá an
tráthnóna ag glanadh.'

'Gabh i leith,' ar sise liom.

Do chuaigh mé anonn chuici. Do leag sí a dhá láimh go
mín ar mo chloigeann agus do phóg sí clár m'éadain.

'Ar choimrí Dé dhuit, a mhaicín,' ar sise. 'Go lige sé anachain
na bliana thart agus go méadaí sé só agus sonas na bliana
agat-sa agus ag do chomhluadar.'

Leis sin do lig sí uaithi mé. D'fhágas an teach agus do
ghreadas liom abhaile.

'Where were you when the shower came, Coleen,' my mother asked me that night. 'You didn't get wet from it.'

'I stayed in the house of that old woman who lives on the east side of Glashaduff Bridge,' I said. 'She was telling me about her son. He has been in Oughterard for the past few days and she doesn't know why he hasn't come home before this.'

My father looked over at my mother. 'The Keening Woman,' he said.

'Who?' I asked.

'The Keening Woman,' my father said again, 'Muirne of the Keens.'

'Why was she called that.'

'Because of the way she keens,' he answered. 'She is the most famous keening-woman in Conemara or in the Joyce Country. She's always sent for when anybody dies. She keened my father, and chances are, that she'll keen myself. But, may God help her, it's her own dead that she keens always, no matter what corpse is in the house.'

'And what's her son doing in Oughterard?'

'Her son died twenty years ago, Coleen,' my mother said.

'He didn't die at all,'my father interrupted, with a grim look. 'He was murdered.'

'Who murdered him?'

I seldom saw my father angry, but he had a terrible temper, once it was risen. He startled me, when he spoke again, he was that angry.

'Who murdered your own grandfather? Who drew the red blood out of my grandmother's shoulders with a lash? Who'd do it except the English? A curse on –'

My mother rose and put her hand over his mouth.

'Don't curse anyone, Sean,' she said.

My mother was that kind-hearted that she wouldn't like to throw the bad word at the devil himself!

I believe that she had pity in her heart for Cain and Judas, and for Diarmaid of the Gall.

'It's time we said the Rosary,' she said. 'Your father will tell you about Coileen Muirne some other night.'

'Daddy,' I said as we were getting down on our knees, 'let's

'Cá raibh tú nuair a rug an múr báistí ort, a Chóilín?' arsa mo mháthair liom an oíche sin. 'Ní dhearna sí aon bhrí.'

'D'fhan mé i dteach na seanmhná údan taobh thoir de Dhroichead na Glaise Duibhe,' arsa mise. 'Bhí sí ag caint liom i dtaobh a mic. Tá sé in Uachtar Árd le cúpla lá, agus níl a fhios aici tuige nár tháinig sé abhaile roimhe seo.'

D'fhéach m'athair anonn ar mo mháthair.

'An Bhean Chaointe,' ar seisean.

'Cé hí féin?' adeirim-se.

'An Bhean Chaointe,'arsa m'athair. 'Múirne na gCaoineadh.'

'Tuige ar tugadh an t-ainm sin uirthi?' arsa mise.

'I ngeall ar na caointe bhíos sí a dhéanamh,' d'fhreagair m'athair. ''Sí an bhean chaointe is mó cáil i gConamara ná i nDúthaigh Sheoighe í. Cuirtear fios uirthi i gcónaí nuair a cailltear duine. Sí a chaoin m'athair-se agus tá seansígurab í a chaoinfeas mé féin. Ach go bhfóire Dia uirthi, is iad a mairbh fein bhíos sí a chaoineadh i gcónaí, is cuma cén corp bhíos sa teach.'

'Agus céard tá a mac a dhéanamh in Uachtar Árd?' arsa mise.

'Cailleadh a mac fiche bliain ó shin, a Chóilin,' arsa mo mháthair.

'Níor cailleadh cor ar bith é,' arsa m'athair agus aghaidh an-dubh air. 'MARAÍODH é.'

'Ce mharaigh é?'

Is annamh do chonacas m'athair agus fearg air, ach b'uafásach í a chuid feirge nuair d'éiríodh sí dhó. Do bhain sé geit asam nuair do labhair sé arís, do bhí sé chomh borb sin.

'Cé mharaigh do sheanathair féin? Cé bhain an fhuil dhearg as guaillí mo sheanmháthar-sa le laisc? Cé dhéanfadh é ach na Gaill? Mo mhallacht ar –.'

D'éirigh mo mháthair agus do chuir sí a lámh lena bhéal.

'Ná tabhair do mhallacht d'aon duine, a Sheáin,' ar sise. Do bhí mo mháthair chomh carthannach sin nár mhaith léi an droch-fhocal do chaitheamh leis an diabhal féin. Creidim go raibh trua aici ina croí do Cháin agus do Iúdas agus do Dhiarmaid na nGall.

'Tá sé in am againn an Paidrín a rá,' ar sise. 'Inseoidh t'athair dhuit i ngeall ar Chóilín Mhúirne, oíche éicint eile.'

'A athair,' arsa mise agus sinn ag dul ar ar nglúine, 'cuireadh

say a prayer for Coleen's soul tonight.'

'We'll do that, son,' my father said gently.

II

One wintry night as we were sitting around the fire, my father told us the story of Muirne from start to finish. I remember him well, sitting there in the firelight – a broad-shouldered man with a slight stoop, his hair turning grey, lines in his forehead and a sad look in his eyes.

He was mending an old sail that night and I was on my knees beside him supposed to be helping him. My mother and sisters were spinning frieze. Sean was lying down on the floor thumbing through a book to which he wasn't paying much attention because he was putting in the time by tickling the soles of my feet and taking an odd pinch out of my legs, but as my father got into the story, he gave over his trickery and was soon listening to every word, as interested as anyone else.

It would be hard for a person not to listen to my father when he'd be telling a story like that by the hearthside, for he was a good storyteller. I often thought that there was music in his voice; a deep, lonesome music, like the bass of the organ in Tuam Cathedral.

Twenty years have passed, Coleen, (my father said) since the night that myself, Coleen Muirne and three or four others from the village were in Neachtan's public-house in Oughter-ard. There was a fair in the town, the same day, and we were having a drink for the road. Four or five men from Carraroe and the Joyce Country were in the pub as well, along with six or seven people from the town itself. A stranger came in then, a thin dark man that nobody ever saw before. He called for a drink.

'Did you hear, men,' he said, drinking with us, 'that the lord is coming home tonight?'

'What business has the devil here,' someone asked.

muid paidir le anam Chóilín anocht.'

'Cuirfimid sin, a mhaicín,' arsa m'athair go mín.

II

Oíche áirneáin san ngeimhreadh do bhí chugainn d'inis m'athair scéal Mhúirne dhúinn ó thús deireadh. Is maith is cuimhin liom é ina shui i lóchrann na tine, fear leathan-ghuailleach, ach é beagán cromshlinneánach, a chuid gruaige ag liathachain, ruic i gclár a éadain, féacaint bhrónach ina shúile.

Do bhí se ag cur caoi ar shean-tseol an oíche sin, agus do bhíos-sa ar mo ghlúine lena ais in ainm is a bheith ag cuidiú leis. Do bhí mo mháthair agus mo dheirfiúracha ag sníomh bréidín. Do bhí Seáinín sínte ar a aghaidh ar an urlár agus é i ngreim i leabhar. Ach ba bheag í a áird ar an leabhar céanna, mar is é an caitheamh aimsire do bhí aige bheith ag cur dinglise i mboinn mo chos-sa agus ag baint corrlíomóige as mo cholpaí; ach de réir mar do bhog m'athair amach san scéal do chaith Seáinín uaidh a chuid leibideachta agus ba ghearr go raibh sé ag éisteacht lem athair chomh aireach le duine.

Ba dheacair gan éisteacht lem athair nuair d'insíodh sé scéal mar sin cois teallaigh. Ba bhinn an scéalaí é. Is minic do cheapainn go raibh ceol ina ghlór; ceol íseal uaigneach mar atá in andord an orgáin in Ardteampall na Tuama.

Tá sé fiche bliain caite, a Chóilín (arsa m'athair) ón oíche a raibh mé féin agus Cóilín Mhúirne (go ndéana Dia grás dó) agus triúr nó ceathrar eile de na comharsana i dteach ósta an Neachtanaigh in Uachtar Árd. Do bhí aonach ar an mbaile an lá céanna agus bhí muid ag ól gloine roimh an bóthar abhaile a thabhairt orainn féin. Bhí ceathrar nó cúigear ann ón gCeathrú Rua agus ó Dhúthaigh Sheoighe agus seisear nó mór-sheisear de mhuintir an bhaile mhóir. Tháinig strainséara isteach, fear caol dubh nach raibh aithne ag aon duine air. Ghlaoigh sé ar ghloine.

'Ar chuala sibh, a dhaoine,' ar seisean linn agus é ag ól linn, 'go bhfuil an tiarna le teacht abhaile anocht?'

'Cia an gnaithe atá ag an diabhal anseo?' arsa duine éicint.

'He's up to bad work, as usual,' the stranger replied. He's going to put seven families out of their holdings.'

'Who's to be put out?'

'Old Thomas O'Drinan from the Glen – they tell me that the old fellow is dying, but he'll die on the roadside if he's not gone already; one of the O'Conaires that live in a cabin on this side of Loch Shimdilla, Manning from Snámh Bó, two from Annaghmaan, some woman from one of the islands and Anthony O'Greelis from Lower Camus.'

'But Anthony's wife is pregnant,' Cuimín O'Niadh said.

'That won't save her, the creature. She won't be the first woman from this part of the country to have her child on the road by the side of a ditch.'

There wasn't a word from any of us.

'What sort of men are you?', the stranger asked – 'or are you men at all? I was born and raised in a countryside where the men wouldn't let the whole English army together throw seven families out on the road without knowing why. Are you afraid of the man coming tonight?'

'It's easy to talk,' Cuimín said, 'but how can we stop the churl.'

'By murdering him tonight,' said a voice behind me. Everybody started. I turned around. It was Coleen Muirne who spoke. His two eyes were blazing in their sockets, his cheeks were flushed and his head was thrown high.

'Whoever said that, is a man,' the stranger said. He went over and gripped Coleen's hand. 'Have a drink on me,' he added.

Coleen had the drink. Nobody spoke.

'It's time for us to be going home,' Cuimín said after a short time.

We started to move homewards. The night was dark and we didn't want to speak. When we came to the top of the street, Cuimín stopped in the middle of the road.

'Where's Coleen Muirne?' he asked.

We hadn't missed him until Cuimín spoke. Then we noticed

'Droch-obair atá faoi, mar is gnách leis,' arsa an fear dubh. 'Tá seacht muirín le cur as a seilbh aige.'

'Cia tá le cur amach?' arsa duine againn.

'Sean-Tomás Ó Droighneáin ón nGleann – deirtear liom go bhfuil an duine bocht ag fáil báis ach is ar thaobh an bhóthair gheobhfas sé bás mura bhfuil ag Dia,' ar seisean; 'fear de mhuintir Chonaire a bhfuil bothán aige an taobh seo de Loch Simdile; Mainíneach ó Shnámh Bó; beirt in Eanach Mheáin; bean éicint ar cheann de na hoileáin; agus Antoine O Griall-ghais ó Chamus Íochtair.'

'Tá bean Antoine ag iompar clainne,' adeir Cuimín Ó Niadh.

'Ní chosnóidh sé sin í, an créatúir,' arsa an fear dubh. 'Ní hí an chéad bhean as an dúiche seo a rug a ñaíonán cois ó chlaí an bhóthair.'

Ní raibh focal as duine ar bith againn.

'Cén sort fir atá ionaibh,' arsa an fear dubh, 'nó an fir atá ionaibh ar chor ar bith? Rugadh is tógadh mise i dtaobh tíre agus m'fhocal díbh nach ligfeadh fir na háite sin d'arm Shasana fré chéile seacht muirín a chaitheamh amach ar an mbóthar gan fios acu cén fáth. Bhfuil faitíos oraibh roimh an bhfear atá ag teacht anseo anocht?'

'Is furasta caint a dhéanamh,' adeir Cuimín,' ach cén chaoi is féidir linne stopadh a chur leis an mbodach?'

'É a mharú anocht,' arsa an guth taobh thiar dhíom. Bain-eadh geit as gach duine. Thiontaigh mé féin thart. Ba é Cóilín Mhúirne a labhair. Bhí a dhá shúil ag lonradh ina cheann, lasair ina leiceann agus an cloigeann crochta go maith aige.

'Fear a labhair ansin, cibé ainm is sloinne é,' arsa an strain-séara. Chuaigh sé anonn is rug sé greim láimhe ar Chóilín. 'Ól gloine liom,' ar seisean.

D'ól Cóilín an gloine. Níor labhraíodh a thuilleadh.

'Tá sé in am againn bheith ag giorrú an bhóthair,' arsa Cuimín, tar éis scathaimh bhig.

Bhogamar linn. Thugamar bóthar an bhaile orainn féin. Bhí an oíche dubh. Ní raibh fonn cainte ar dhuine ar bith againn. Nuair tháinig muid go dtí ceann na sráide sheas Cuimín i lár an bhóthair.

'Cá bhfuil Cóilín Mhúirne?' ar seisean.

Níor airigh muid uainn é gur labhair Cuimín. Ní raibh sé san

that he wasn't with us.

I went back to the public house. Coleen wasn't there. I questioned the barman. He told me that Coleen had left the shop five minutes after us, with the stranger. I searched the town, but there wasn't a trace of him anywhere. I left Oughterard and followed the other men, hoping that he'd be there before me, but he wasn't nor was there any news of him.

It was very late in the night when we reached Glashaduff Bridge. There was a light in Muirne's house and Muirne was standing in the doorway herself.

'God save you, men,' she said coming over towards us. 'Is Coleen with you?'

'No, he stayed behind in Oughterard,' I told her.

'Did he sell?' she asked.

'He got a very good price,' I said. 'Chances are that he'll stay in town until the morning. The night is dark and cold out. Wouldn't it be as well for you to go in and lie down?'

'It wouldn't be worth my while,' she said. 'I'll wait up until he comes home. God speed you.'

We departed from her then, and I began to worry. I was afraid that something was after happening to Coleen. I was suspicious of that stranger... I lay down on my bed when I got home but couldn't go to sleep.

The following morning as your mother and myself were at breakfast, the latch was lifted from the door and in came Cuimín Ó Niadh. He could hardly draw his breath.

'What's wrong?' I asked him.

'Bad news,' he said. 'The lord was murdered last night. He was found lying on the roadway a mile to the east of Oughterard with a bullet through his heart. The soldiers were in Muirne's house this morning looking for Coleen, but he wasn't there. He hasn't come home yet. They say that Coleen committed the murder. You remember what he said last night?'

I leaped up, went out the door and walked over to Muirne's house. There was nobody in it when I got there except the old woman. The furniture was scattered all over the place by the

chomhluadar.

Chuaigh mé féin ar ais go dtí an teach ósta. Ní raibh Cóilín ann. Cheistigh mé fear an tsiopa. Dúirt sé gur fhág Cóilín agus an fear dubh an siopa le chéile cúig nóiméad tar éis imeacht dúinne. Chuardaigh mé an baile mór. Ní raibh scéal ná scuan faoi Chóilín, in áit ar bith. D'fhág mé an baile mór agus lean mé na fir eile. Bhí súil agam go mb'fhéidir go mbeadh sé ar fáil romham. Ní raibh, ná a thuairisc.

Bhí sé an-fhada san oíche nuair shroich muid Droichead na Glaise Duibhe. Bhí solas i dtigh Mhúirne. Bhí Múirne féin ina seasamh sa doras.

'Dia dhíbh, a fheara,' ar sise ag gabháil thairsti dhúinn. 'Bhfuil Cóilín libh?'

'Níl, muis,' arsa mise. 'D'fhan sé inár ndiaidh in Uachtar Árd.'

'Ar dhíol sé?' ar sise.

'Dhíol, go maith,' arsa mise. 'Chuile sheans go bhfanfadh sé ar an mbaile mór gò maidin. Tá an oíche dubh agus fuar inti féin. Nach mbeadh sé chomh maith agat dul isteach agus luí síos?'

'Ní fiú dhom,' ar sise. 'Fanfaidh mé im shuí go dtiocfaidh sé. Go luatha Dia libh.'

D'imigh linn. Bhí mar bheadh ualach ar mo chroí. Bhí faitíos orm go raibh rud éicint tar éis baint de Chóilín. Bhí droch-amhras agam as an bhfear dubh úd... Luigh mé ar mo leaba tar éis teacht abhaile dom ach níor chodail mé.

Maidin lá ar na mhárach bhí mé féin agus do mháthair ag ithe bricfeasta nuair a baineadh an laiste den doras agus isteach le Cuimín Ó Niadh. Ní raibh tarraingt na hanála ann.

'Cén scéal atá leat, a dhuine?' arsa mise.

'Droch-scéal,' ar seisean. 'Maraíodh an tiarna aréir. Fríoth ar an mbóthar é míle taobh thoir d'Uachtar Árd agus piléar trí na chroí. Bhí an t-arm i dteach Mhúirne ar maidin ag tóraíocht Chóilín, ach ní raibh sé ann. Níor tháinig sé abhaile fós. Deirtear gurab eisean a mharaigh an tiarna. Is cuimhneach leat na focla adúirt sé aréir?'

Léim mé im sheasamh agus amach an doras liom. Amach liom an bóthar agus soir go dtí teach Mhúirne. Ní raibh romham ach í féin. Bhí troscán an tí trín a chéile san áit a raibh

soldiers when they were searching the house. Muirne got up when she saw me coming in the doorway.

'Sean O'Conaire,' she said to me, 'in the name of God, tell me where my son is. You were with him. Why hasn't he come home?'

'Have patience, Muirne,' I said. 'I'm going to Oughterard to look for him.'

I started out for the town. As I approached Oughterard, I could see a large crowd of people gathered on the main street. The bridge, and the road outside the chapel were black with people, and still crowds were drawing near the place from every quarter. But, to my horror, there wasn't a sound from that huge gathering; all eyes were glued to a small group in the middle of the assembly.

There were soldiers in that little group, soldiers, with black coats and red coats on them and guns and swords in their hands. Among the black coats and red coats I saw a country boy dressed in bawneens. It was Coleen Muirne and he was being held by the soldiers! The poor lad's face was as white as my shirt, but he had his fine head lifted proudly, and that head wasn't the head of a coward.

He was brought to the barracks with the huge crowd following him. He was taken to Galway that night and put on trial the following month.

It was sworn that he was in the public house that night. It was sworn that the dark stranger had been talking about landlords. It was sworn that he said that the lord would be coming that night to throw people out of their holdings the following day. It was sworn that Coleen Muirne was listening attentively to him. It was sworn that Coleen said the words 'By murdering him tonight' when Cuimín O'Niadh asked: 'How can we stop the churl?' It was sworn that the dark man praised him for saying those words, that he shook hands with him and that they had a drink together.

It was sworn that Coleen stayed behind in the shop when the Rossnageeragh people left and that he left five minutes later with the stranger.

A peeler came then, and swore that he saw Coleen and the stranger leaving the town and that they didn't go by the

an t-arm ag cuartú. D'éirigh Múirne ina seasamh nuair a chonaic sí isteach an doras mé.

'A Sheáin Uí Chonaire,' ar sise, 'ar son Dé na trócaire agus inis dom cá bhfuil mo mhac. Bhí tusa in éineacht leis. Tuige nach bhfuil sé ag teacht abhaile chugam?'

'Bíodh foighid agat, a Mhúirne,' arsa mise. 'Tá mé ag dul go hUachtar Árd ar a thóir.'

Bhuail mé an bóthar. Ag dul isteach ar shráid Uachtair Áird dom, chonaic mé an slua mór daoine. Bhí an droichead agus an tsráid os comhair theach an phobail dubh le daoine. Bhí daoine ag déanamh ar an spota ó gach uile áird. Ach, rud a chuir uamhan ar mo chroí, ní raibh fuaim as an gcruinniú uafásach sin daoine, ach súile chuile dhuine acu greamaithe i scata beag a bhí i gceart-lár an chruinnithe.

Lucht airm a bhí sa scata beag sin, cótaí dubha agus cótaí dearga orthu, agus gunnaí agus claímhte ina lámha agus i measc na gcótaí dubh agus na gcótaí dearg chonaic mé buachaill tuaithe agus báiníní air. Cóilín Mhúirne a bhí ann agus é gafa ag an arm! Bhí éadan an bhuachalla bhoicht chomh bán le mo léine ach bhí an ceann álainn crochta go huaibhreach aige, agus níor ceann cladhaire an ceann sin.

Tugadh go dtí an bheairic é agus an slua sin á thionlacan. Tugadh go Gaillimh an oíche sin é. Cuireadh faoi thriail é an mhí a bhí chugainn.

Mionnaíodh go raibh sé sa teach ósta an oíche úd. Mionnaíodh go raibh an fear dubh ag cur síos ar na tiarnaí talún. Mionnaíodh gur fhreagair sé go mbeadh an tiarna ag teacht an oíche sin le daoine a chaitheamh amach as a seilbh lá ar na mhárach. Mionnaíodh go raibh Cóilín Mhúirne ag éisteacht go haireach leis. Mionnaíodh gur dhúirt Cóilín na focla úd 'é a mharú anocht' nuair adúirt Cuimín Ó Niadh 'cén chaoi is féidir cosc a chur leis an mbodach?' Mionnaíodh gur mhol an fear dubh é as ucht na focla sin a rá, gur chraith sé lámh leis agus gur ól siad gloine le chéile.

Mionnaíodh gur fhan Cóilín sa tsiopa tar éis imeacht do mhuintir Ros na gCaorach, agus gur fhág sé féin agus an fear dubh an siopa le chéile cúig nóimeat ina dhiaidh sin.

Tháinig pílear ansin agus mhionnaigh sé go bhfaca sé Cóilín agus an fear dubh ag fágáil an bhaile mhóir agus nach é bóthar

Rossnageeragh road but by the Galway road. They left the town at eight o'clock. At half past eight a shot was fired at the lord on the Galway road. Another peeler swore that he heard the sound of the shot. He swore that he ran to the place, and that as he was coming near he saw two men running away. One of them was a thin man dressed like a gentleman, the other was a country boy.

'What sort of clothes was the country boy wearing?' the lawyer asked.

'A suit of bawneens,' the peeler answered.

'Is that the person you saw?' asked the lawyer pointing towards Coleen.

'I would say that it was.'

'Do you swear it?'

The peeler didn't speak for a while.

'Do you swear it?' the lawyer asked again.

'I do.' The peeler's face at that moment was whiter than Coleen's.

Some of us swore that Coleen never fired a shot from a gun; that he was an innocent, gentle boy that wouldn't hurt a fly if he could help it.

The parish priest swore that he knew Coleen from the day he baptised him; it was his opinion that the youth never committed a sin, and he wouldn't believe from anyone that Coleen would murder a man. It was no good. What good was our evidence against the evidence of the police? Coleen was condemned to death.

His mother sat all through the hearing. She didn't speak a word from start to finish, but her two eyes were riveted on the eyes of her son and her hands were clasped together under her shawl.

'He won't be hanged,' she said that night. 'God promised me that he won't be hanged.'

A few days later we heard that Coleen was not going to be hanged, that his life was being spared because of his age but that he'd be kept in jail for the rest of his life.

'He won't be kept there forever,' Muirne said. 'O Jesus, don't let them keep my son from me.'

It was marvellous the patience that woman had and the trust

Ros na gCaorach thugadar orthu féin ach bóthar na Gaillimhe. Ar a hocht a chlog d'fhágadar an baile mór. Ag leath-uair tar éis a hocht caitheadh urchar leis an tiarna ar bhóthar na Gaillimhe. Mhionnaigh pílear eile gur chuala sé torann an urchair. Mhionnaigh sé gur rith sé go dtí an áit agus ag druidim leis an áit dó go bhfaca sé beirt fhear ag baint as sna fáscaí. Duine caol ab ea duine acu agus é gléasta mar bheadh duine uasal. Buachaill tuaithe a bhí sa bhfear eile.

'Cén sórt éadach a bhí an buachaill tuaithe a caitheamh?' arsa an dlíodóir.

'Culaith bháiníní,' adeir an pílear.

'Arb shin é an fear a chonaic tú?' arsa an dlíodóir, ag síneadh a mhéir chuig Cóilín.

'Déarfainn gurab é.'

'An mionnaíonn tú gurab é?' arsa an dlíodóir arís.

'Mionnaím,' arsa an pílear. Ba bháine éadan an phíleir an nóimeat sin ná éadan Chóilín féin.

Mhionnaigh cuid againne ansin nár chaith Cóilín urchar as gunna riamh; go mba buachaill macánta mánla é nach ngortódh cuileog dá mbeadh neart aige air.

Mhionnaigh an sagart pobail go raibh aithne aige ar Chóilín ón lá bhaist sé é, gurbh é a bharúil nach ndearna sé peaca riamh; agus nach gcreidfeadh sé ó dhuine ar bith go maródh sé fear. Ní raibh maith dhúinn ann. Ní raibh aon bhrí in ár bhfianaise in aghaidh fianaise na bpílear. Tugadh breith an bháis ar Chóilín.

Bhí a mháthair sa láthair ar feadh na haimsire ar fad. Níor labhair sí focal ó thús deireadh. Ach a dhá súil greamaithe i ndá shúil a mic agus a dhá láimh fáiscthe le chéile faoin a seál.

'Ní crochfar é,' arsa Múirne an oíche sin. 'Gheall Mac Dé dhom nach gcrochfar é.'

Cúpla lá ina dhiaidh sin chualamar nach gcrochfaí Cóilín, gurab amhlaidh do maitheadh a anam dhó i ngeall ar a bheith chomh óg is do bhí, ach go gcoinneofaí sa bpriosún é ar feadh a shaoil.

'Ní choinneofar,' arsa Múirne. 'A Íosa,' adeireadh sí, 'ná lig dóibh mo mhaicín a choinneáil uaim.'

Is miorúilteach an fhoighid a bhí ag an mbean sin agus an mhuinín a bhí aici as Mac Dé. Is miorúilteach an creideamh

she had in the Son of God. It's marvellous the faith and the hope and the patience of women.

She went to see the parish priest. She told him that if he'd write to the people in Dublin, asking them to release Coleen, they would accede to his request.

'They won't refuse you, Father,' she said.

The priest said that writing a letter would do no good because no heed would be paid to it, but he promised that he would go to Dublin himself to speak to the authorities there and that maybe some good might come out of it.

He went. Muirne was confident that her son would be home with her by a week or a fortnight. She cleaned the house to have it ready for him. She whitewashed the inside and outside. She got two neighbours to put a new thatch on it. She spun the makings of a new suit for him, died the wool herself, brought it to the weaver, and made the suit when the frieze came home.

The priest was away for a long time. He wrote a few times to the master but there was no news in his letters. He was doing his best, he said, but he wasn't getting on too well. He was going from person to person but nobody was giving him any satisfaction. It was obvious from his letters that he hadn't much hope of being able to do anything. None of us had any hope either. But Muirne never lost the wonderful trust she had in God.

'The priest will bring my son home,' she used to say.

Nothing was worrying her, except the thought that she wouldn't have the new suit ready before Coleen got home. But she finished it at last; she had everything ready, the house repaired, the new suit laid on a chair before the fire – and still the priest hadn't returned!

'Won't Coleen be glad when he sees the way I have the house done up!' she used to say. 'And won't he look spruce going to Mass on Sundays with that suit on him!'

It's well I remember the evening the priest came home. Muirne was waiting for him since morning, the house cleaned up and the table laid.

'Welcome home,' she said when the priest came in. She kept looking at the door as though she expected someone else to

agus an dóchas agus an fhoighid bhíos ag na mná.

Chuaigh sí go dtí an sagart pobail. Dúirt sí leis, dá scríobh-
fadh sé go dtí muintir Bhaile Átha Cliath ag iarraidh orthu
Cóilín a ligint amach chuici, gur cinnte go ligfí amach é.

'Ní eiteoidh siad tusa, a Athair,' ar sise.

Dúirt an sagart nach mbeadh maitheas ar bith i scríobh nach
dtabharfaí aon áird ar a litir; ach go rachadh sé féin go Baile
Átha Cliath agus go labharódh sé leis na daoine móra agus
go mb'fhéidir go dtiocfadh maitheas éigin as.

Chuaigh. Bhí Múirne lán-chinnte go mbeadh a mac abhaile
chuici faoi cheann seachtaine nó dhó. Dheasaigh sí an teach
roimhe. Chuir sí aol air í féin, istigh agus amuigh. Chuir sí
beirt chomharsan ag cur dín nua air. Shníomh sí ábhar culaith
nua éadaigh dhó, dhathaigh sí an olann lena lámha féin, thug sí
go dtí an fíodóir í, agus rinne sí an chulaith nuair tháinig an
bréidín abhaile.

B'fhada linn gan an sagart ar fáil. Scríobh sé cúpla babhta
chuig an máistir ach ní raibh aon bharr nuachta ins na litreacha.
Bhí sé ag déanamh a dhíchill, adúirt sé ach ní raibh ag éirí leis
go maith. Bhí sé ag dul ó dhuine go duine ach ní mórán sásaimh
a bhí aon duine a thabhairt dó. Ba léir as litreacha an tsagairt
nach raibh aon dóchas aige go bhféadfadh sé aon cheo a
dhéanamh. Níor fhan aon dóchas ionainne ach an oiread. Ach
níor chaill Múirne an mhuinín iontach a bhí aici as Dia.

'Tabharfaidh an sagart mo mhaicín abhaile leis,' adeireadh sí.

Ní raibh dada ag déanamh imní di ach faitíos nach mbeadh
an chulaith nua réidh aici roimh theacht Chóilín. Ach bhí sí
críochnaithe sa deireadh, gach ní réidh aici, caoi ar an teach
agus an chulaith nua leagtha ar chathaoir ós comhair na tine,
agus gan an sagart ar fáil.

'Nach ar Chóilín bhéas an t-áthas nuair a fheicfidh sé an
slacht atá ar an teach agam,' adeireadh sí. 'Nach é a bhreathn-
óidh go galánta ag dul an bóthar ag Aifreann Dia Domhnaigh
agus an chulaith sin air!'

Is cuimhneach liom go maith an tráthnóna tháinig an sagart.
Bhí Múirne ag fanacht leis ó mhaidin, an teach glan aici, agus
an bord leagtha.

'Sé do bheatha abhaile,' adúirt sí, ag teacht isteach don tsag-
art. Bhí sí ag faire ar an doras mar bheadh sí ag braith ar

come in. But the priest closed it after him.

'I thought that he'd be coming home with you, Father,' Muirne said, 'but I forgot that he wouldn't like to come on the priest's car. He was always shy, like that, the creature.'

'Oh, poor Muirne,' the priest said holding her by the two hands, 'it wouldn't do me any good to keep the truth from you. He's not coming at all. I didn't succeed in doing anything. They wouldn't listen to me.'

Muirne didn't say a word. She went over and sat down before the fire. The priest followed her and laid his hands on her shoulder.

'Muirne,' he whispered.

'Leave me be, for a little while, Father,' she said. 'May God and His Mother reward you for what you've done for me. I'd like to be alone for a while. I thought that you'd be bringing him home to me, and it has been a great blow that he hasn't come.'

The priest left her to herself. He knew that he couldn't have been any help to her until the pain of the blow would have lessened.

The following day, Muirne was missing and nobody had either tale or tidings of her. We never heard anything about her for another three months. Some of us thought that perhaps the creature had gone out of her mind and had met a lonely death in the hollow of some mountain, or had drowned in a boghole. The neighbours searched the hills round about, but discovered no trace of her.

One evening, I was digging potatoes in the garden when I saw a tall, thin, solitary woman coming towards me, up the road. Her head was bent and she was walking briskly. 'If Muirne Ní Fhiannachta is alive,' I said to myself, 'that's her there.' It was Muirne, right enough. I went down to the roadside.

'Welcome home, Muirne,' I said to her. 'Have you any news?'

'I have,' she replied, 'and good news. I went to Galway and saw the Governor of the prison. He told me that he couldn't do a thing; that the Dublin people would be able to release Coleen if he could be released at all. I went off to Dublin. Lord

dhuine éigin eile a theacht isteach. Ach dhruid an sagart an doras ina dhiaidh.

'Cheap mé gur leat féin a thiocfadh sé, a Athair,' arsa Múirne. 'Ach sé an chaoi nár mhaith leis teacht ar chárr an tsagairt, ar ndóigh. Bhí sé cúthail mar sin i gcónaí, an créatúir.'

'A Mhúirne bhocht,' adeir an sagart, ag breith ar dhá láimh uirthi, 'ní cabhair dhom an fhírinne a cheilt ort. Níl sé ag teacht ar chor ar bith. Níor éirigh liom dada a dhéanamh. Ní éistfeadh siad liom.'

Ní dúirt Múirne focal. Chuaigh sí anonn agus shuigh síos ar aghaidh na tine. Lean an sagart anonn í agus leag a lámh ar a gualainn.

'A Mhúirne,' adeir sé mar sin.

'Lig dom féin, a Athair, go fóillín,' ar sise. 'Go gcúití Dia agus A Mháthair leat a ndearna tú dhom. Ach lig dom féin, go fóill. Cheap mé go dtabharfá abhaile chugam é, agus is mór an buille orm gan a theacht.'

D'fhág an sagart léi féin í. Cheap sé nar chabhair a bheith léi go mbeadh pian an bhuille sin maolaithe.

An lá ar na mhárach, bhí Múirne ar iarraidh. Tásc ná tuairisc ní raibh ag éinne uirthi. Focal ná fáisnéis níor chuala-mar fúithi go ceann ráithe. Cheap cuid againn go mb'fhéidir gurab as a céill a chuaigh an créatúir agus bás uaigneach a theacht uirthi i log sléibhe éigin nó a báthadh i bpoll móna. Chuartaigh na comharsain na cnoic máguaird, ach ní raibh a rian le feiceáil.

Tráthnóna áirithe bhí mé féin ag baint fhataí san ngarraí nuair a chonaic mé an bhean aonraic ag déanamh orm isteach an bóthar. Bean ard chaol. An cloigeann crochta go maith aici. Siúl mór fúithi. 'Má tá Múirne Ní Fhiannachta beo,' adeirim-se liom féin, 'is í atá ann.' Ba í, céard eile? Síos liom go bóthar.

'Sé do bheatha abhaile, a Mhúirne,' adeirim lei. 'Bhfuil aon scéal leat?'

'Tá, a mhainín,' ar sise, 'scéal maith. Chuaigh mé go Gail-limh. Chonaic mé Gobharnor an phriosúin. Dúirt sé liom nach bhféadfadh sé aon bhlas a dhéanamh, gurab iad muintir Bhaile Átha Cliath d'fhéadfadh a ligint amach as an bpriosún má bhí a ligint amach le fáil. D'imigh mé orm go Baile Átha Cliath. A Thiarna! nach iomaí bóthar crua clochach a shiúil mé, is

isn't it many a hard stony road I walked and isn't it many a fine town I saw before coming to Dublin!

'Isn't Ireland a great country?,' I used to say to myself every evening when I was told that I'd have to walk so many miles more before I'd see Dublin. But thanks be to God and to the Glorious Virgin, I reached the city at last, one cold, wet evening, and found lodgings.

'The following morning, I enquired for the Castle and was directed to it. When I got there, they wouldn't let me in at first, but I kept at them until I got permission to speak with someone. He sent me on to another man, a man that was higher than himself. He sent me to another man. I told them all that I wanted to see the Lord Lieutenant. I saw him at last and told him my story. He told me that he couldn't do anything. I cursed Dublin Castle and went out the door. I had a pound in my pocket. I boarded a ship and arrived in Liverpool the following morning. I walked the long roads of England from Liverpool to London. When I came to London, I asked where I would find the Queen's Castle. I was told where it was and went there.

'They wouldn't let me in. I went there every day hoping that I'd see the Queen coming out. After a week I saw her leaving the Castle. She was surrounded by soldiers and dignatories. I went over to her before she got into her coach. I had a letter in my hand which was written by one of the men I met in Dublin. I was seized by the officer. The Queen spoke to him and he freed me. I spoke to the Queen. She didn't understand me. I handed the letter to her. She gave it to the officer who read it for her. He wrote certain words on the letter and gave it back to me.

'The Queen spoke to another woman that was accompanying her. The woman took out a crown piece and gave it to me. I gave her back the crown piece and told her I didn't want silver, but my son. They laughed. I don't think that they understood me. I showed them the letter again. The officer pointed to the words he had written. I bowed to the Queen and left her. Later, a man read what the officer had written, for me. The letter

nach iomaí baile mór bréa a chonaic mé sul ar tháinig mé go Baile Átha Cliath!

'Nach mór an tír í Éire!' adeirinn liom féin chuile tráthnóna nuair a hinsítí dhom go raibh an oiread seo de mhílte le siúl agam sul a bhfeicfinn Baile Átha Cliath. Ach, buíochas mór le Dia agus leis an Maighdin Ghlórmhair, shiúil mé isteach ar shráid Bhaile Átha Cliath, sa deireadh, tráthnóna fuar fliuch. Fuair mé lóistín.

'Maidin lá ar na mhárach chuir mé tuairisc an Chaisleáin. Cuireadh ar an eolas mé. Chuaigh mé ann. Ní ligfí isteach mé i dtosach, ach bhí mé leo go bhfuair mé cead cainte le fear éigin. Chuir seisean go fear eile mé, fear a bhí ní ba airde ná é féin. Chuir seisean go fear eile mé. Dúirt mé leo uilig gur theastaigh uaim Lord Leiftenant na Banríona a fheiceáil. Chonaic mé sa deireadh é. D'inis mé mo scéal dó. Dúirt sé liom nach bhféadfadh sé aon cheo a dhéanamh. Thug mé mo mhallacht do Chaisleán Bhaile Átha Cliath agus amach an doras liom. Bhí punta i mo phóca agam. Chuaigh mé ar bhord loinge agus maidin lá ar na mhárach bhí mé i Libherpúl Shasan. Shiúil mé bóithre fada Shasan ó Libherpúl go Londain. Nuair a tháinig mé go Londain d'iarr mé eolas Chaisleáin na Bainríona. Cuireadh ar an eolas mé. Chuaigh mé ann.

'Ní ligfí isteach mé. Chuaigh mé ann chuile lá ag súil go bhfeicfinn an Bhainríon ag teacht amach. Tar éis seachtaine chonaic mé ag teacht amach í. Bhí saighdiúirí agus daoine móra thart timpeall uirthi. Chuaigh mé anonn go dtí an Bhainríon roimh dhul isteach sa gcóiste di. Bhí páipéar a scríobh fear i mBaile Átha Cliath dhom i mo láimh. Rug oifigeach orm. Labhair an Bhainríon leis agus lig sé uaidh mé. Labhair mé leis an mBainríon. Níor thuig sí mé. Shín mé an páipéar chuici. Thug sí an páipéar don oifigeach agus léigh sé é. Scríobh sé focla éigin ar an bpáipéar agus thug sé ar ais dom é.

'Labhair an Bhainríon le bean eile a bhí in éineacht léi. Tharraing an bhean píosa coróineach amach agus thug dom é. Thug mé an píosa coróineach ar ais di agus dúirt mé nach airgead a bhí uaim ach mo mhac. Rinne siad gáire. Sé mo bharúil nár thuig siad mé. Thaispéain mé an páipéar dóibh arís. Leag an t-oifigeach a mhéar ar na focla a bhí sé tar éis a scríobh. D'umhlaigh mé don Bhainríon agus d'imigh liom.

stated that they would write to me about Coleen, without delay. I came home then hoping that, perhaps, there might be a letter waiting for me.

'Do you think Sean,' Muirne asked finishing her story, 'that the priest has any letter? There wasn't a letter in the house when I got there, but I'm thinking that they'd send it to the priest, for there's a chance that the authorities might know him.'

'I don't know whether any letter came,' I said. 'I wouldn't say that there did though, for the priest would have told us if one came.'

'Well it'll be here any day now,' Muirne answered. 'I'll go up to the priest anyhow and tell him my story.'

She went up the hill to the priest's house. I saw her going home again that night as darkness was falling. It's wonderful the way she was still able to walk, considering the distress and hardship she had to put up with, for three months.

A week went by and no letter arrived. Another week passed. No letter came. The third week, and still no letter. It would take tears out of stones to look at Muirne and see how anxious she was. It would break your heart to see her travelling to the priest's house every morning. We were afraid to speak to her about Coleen. But we had our suspicions. The priest had his too. He told us one day that he heard from another priest in Galway that Coleen wasn't too well, that the prison was having a bad effect on his health and that he was getting worse every day. Muirne wasn't told of this.

One day I had business with the priest myself, and I went to see him. We were talking in the parlour when we heard a person's footstep on the street outside. Then Muirne Ní Fhiannachta burst into the room without knocking on the house-door or on the parlour door, with a letter in her hand. She could scarcely speak with excitement.

'A letter from the Queen, a letter from the Queen,' she said.

The priest took the letter and opened it. I noticed that his hands were shaking as he was opening it. The colour of death

Léigh fear dom na focla a scríobh an t-oifigeach. Séard a bhí
ann go scríobhfaí chugam i dtaobh Chóilín gan mhoill. Bhuail
mé an bóthar abhaile ansin ag súil go mb'fhéidir go mbeadh
litir romham.

'Meas tú a Sheáin,' arsa Múirne ag críochnú a scéil di,' an
bhfuil aon litir ag an sagart? Ní raibh litir ar bith sa teach
romham ag teacht amach an bóthar dhom ach tá mé ag
ceapadh gur chuig an sagart a cuirfí an litir, mar tá seans go
mbeadh a eolas ag na daoine mora.'

'Níl a fhios agam ar tháinig aon litir,' arsa mise. 'Déarfainn
nár tháinig, mar dá dtiocfadh bheadh an sagart á inseacht
dúinn.'

'Beidh sí anseo lá ar bith feasta,' arsa Múirne. 'Gabhfaidh
mé isteach chuig an sagart ar chuma ar bith, agus insint mé mo
scéal dó.'

Isteach an bóthar léi agus suas an t-árd go dtí teach an
tsagairt. Chonaic mé ag dul abhaile an oíche sin í agus an
dorchadas ag titim. Is iontach mar bhí sí á thabhairt do na
bonnacha agus ar fhuiling sí d'anró agus de chruatan le ráithe.

D'imigh seachtain. Níor tháinig aon litir. D'imigh seachtain
eile. Níor tháinig aon litir. D'imigh an tríú seachtain. Níor
tháinig aon litir. Bhainfeadh sé deora as na clocha glasa bheith
ag féachaint ar Mhúirne agus an imní a bhí uirthi. Bhrisfeadh
sé do chroí í a fheiceáil ag dul isteach an bóthar chuig an
sagart gach uile mhaidin. Bhí faitíos orainn labhairt léi i
dtaobh Chóilín. Bhí droch-amhreas orainn. Bhí droch-aimhreas
ar an sagart. Dúirt sé linn lá gur chuala sé ó shagart eile i
nGaillimh nach mó ná go maith a bhí Cóilín, gur mór a bhí an
priosún ag goilliúint ar a shláinte, go raibh sé ag imeacht as i
ndiaidh a chéile. Níor insíodh an scéal sin do Mhúirne.

Lá amháin bhí gnaithe agam féin den tsagart agus chuaigh
mé isteach chuige. Bhíomar ag comhrá sa bpárlús nuair a
chualamar coiscéim duine ar an tsráid taobh amuigh. Níor
buaileadh ar dhoras an tí ná ar dhoras an phárlúis ach isteach
sa tseomra le Múirne Ní Fhiannachta agus litir ina láimh aici.
Is ar éigin d'fhan caint aici.

'Litir ón mBainríon, litir ón mBainrion!' ar sise.

Rug an sagart ar an litir. D'oscail sé í. Thug mé faoi deara
go raibh a lámh ag crith agus é á hoscailt. Tháinig dath an

came on his face when he finished reading it. Muirne was standing opposite him, her eyes shining and her mouth half open.

'What does she say, Father?' she asked. 'Is she sending him home to me.'

'This letter didn't come from the Queen, Muirne,' the priest said, speaking slowly as if there was some impediment on him, 'but from the Governor of the prison in Dublin.'

'And what does he say? Is he sending him home to me?'

The priest didn't speak for a minute. It seemed to me that he was trying to think of suitable words to say and that he couldn't.

'Muirne,' he said at last, 'the Governor says that Coleen died yesterday.'

When Muirne heard those words, she burst out laughing. I never heard the like of such laughing before, and it was still ringing in my ears for a month after that. She made a few hysterical screeches of laughter, and then fell on the floor.

She was brought home, and lay in bed for six months. She was out of her mind all that time. She gradually returned to normal, and nobody would think that there was anything wrong with her now except for the fact that she still thinks that her son hasn't returned from the fair at Oughterard, yet.

She is always expecting him home, standing or sitting by the door, half the day, with everything ready for his return. She doesn't understand that the world has changed since that night.

'That's the reason, Coleen,' my father said to me, 'that she didn't know that the railway has come as far as Burnt House. But she remembers herself, sometimes, and starts to keen, like you saw her. She made that keen that you heard from her, herself. May God, help her,' he added putting an end to his story.

'And Daddy,' I asked, 'did any letter come from the Queen after that?'

'No, nor the colour of one.'

'Do you think, Daddy, that Coleen killed the lord?'

'I know he didn't. If he had killed him he would have admitted it. I'm sure as as I'm alive tonight, that that stranger

bháis ina éadan tar éis a léigheadh dhó. Bhí Múirne ina seasamh ós a chomhair amach, a dhá súil ar lasadh ina ceann, a béal leath ar oscailt.

'Céard deir sí, a Athair?' ar sise. 'Bhfuil sí á chur abhaile chugam?'

'Ní ón mBainríon a tháinig an litir seo a Mhúirne,' arsa an sagart, ag labhairt go mall mar bheadh tocht éigin air, 'ach ó Ghobharnor an phríosúin i mBaile Átha Cliath'.

'Agus céard deir sé? Bhfuil sé á chur abhaile chugam?'

Níor labhair an sagart go ceann nóiméid. B'fhacthas dom go raibh sé ag iarraidh cuimhniú ar fhocla éigin, agus na focla, mar adéarfá, ag dul uaidh.

'A Mhúirne,' ar seisean sa deireadh, 'deir sé go bhfuair Cóilín bocht bás inné.'

Ar chloisteáil na bhfocal sin di, phléasc Múirne ag gáire. A leithéid de gháire ní chuala mé riamh. Bhí an gáire sin ag seinm i mo chluasa go ceann míosa ina dhiaidh sin. Rinne sí cúpla scairt uafásach gáire agus ansin thit sí i lagar ar an urlár.

Tugadh abhaile í agus bhí sí ar a leaba go ceann leath-bhliana. Bhí sí as a meabhair ar feadh na haimsire sin. Tháinig sí chuici féin i ndiaidh a chéile, agus ní cheapfadh duine ar bith go raibh aon cheo uirthi anois ach amháin go síleann sí go bhfuil a mac gan filleadh abhaile fós ó aonach Uachtair Áird.

Bíonn sí ag fanacht leis i gcónaí, ina seasamh nó ina suí sa doras leath an lae agus chuile ní réidh aici roimh a theacht abhaile. Ní thuigeann sí go bhfuil aon athrú ar an saol ón oíche sin.

'Sin é an fáth, a Chóilín,' arsa m'athair liom, 'nach raibh a fhios aici go raibh an bóthar iarainn ag teacht chomh fada leis an Teach Dóite. Amannta cuimhníonn sí uirthi féin agus tosaíonn uirthi ag caoineadh mar chonaic tusa í. Sí féin a rinne an caoineadh údan a chuala tú uaithi. Go bhfóire Dia uirthi,' arsa m'athair ag cur deiridh lena scéal.

'Agus a dheaide,' arsa mise, 'ar tháinig aon litir ón mBain-ríon ina dhiaidh sin?'

'Níor tháinig, ná á dath.'

'Meas tú, a dheaide, an é Cóilín a mharaigh an tiarna?'

'Tá a fhios agam nach é,' adeir m'athair. 'Dá mba é, d'ad-mhódh sé é. Tá mé chomh cinnte is atá mé beo anocht gurabé

killed him. I'm not saying that Coleen wasn't there when it happened.'

'Was the stranger ever caught?'

'No. He was in no danger.'

'Who do you think the stranger was?'

'I believe before God,' my father said, 'that he was a peeler from Dublin Castle. Cuimín Ó Niadh saw a man very like him giving evidence against another boy in Tuam a year afterwards.'

'Daddy,' Sean said suddenly, 'when I'm a man, I'll kill that stranger.'

My father laid his hand on Sean's head.

'Maybe we'll all be taking 'tally-ho' out of the black soldiers, before we die!' he said.

'It's time for the Rosary,' said my mother.

an fear dubh a mharaigh an tiarna. Ní abraim nach raibh Cóilín bocht sa láthair.'

'An rugadh riamh ar an bhfear dubh?' arsa mo dheirfiúr.

'Ní rugadh, muis,' arsa m'athair. 'Is beag an baol a bhí air.'

'Ciarbh é an fear dubh, meas tú a dheaide?' arsa mise.

'Creidim i láthair Dé,' arsa m'athair, 'gur pílear ó Chaisleán Bhaile Átha Cliath a bhí ann. Chonaic Cuimín Ó Niadh fear an-chosúil leis at tabhairt fianaise in aghaidh buachalla eile i dTuaim bliain ina dhiaidh sin.'

'A dheaide,' arsa Seáinín go hobann, 'nuair a bhéas mise im fhear, maróidh mé an fear dubh sin.'

'Sabhála Dia sinn,' adeir mo mháthair.

Leag m'athair a lámh ar chloigeann Sheáinín.

'B'fhéidir, a mhaicín,' ar seisean, 'go mbeadh muid uilig ag baint 'teailli-ho' as an arm dubh sul rachas cré orainn!'

'Tá sé in am Paidrín,' adeir mo mháthair.

MORE MERCIER BESTSELLER

THE MURDER MACHINE
Padraig Pearse

'The main object of education is to help the child to be his own true and best self.' But 'there are no ideas ... no love of beauty, no love of books, no love of knowledge, no heroic inspiration . . . One of the most terrible things about the . . . education system . . . is its ruthlessness . . . a soulless thing cannot teach; but it can destroy. A machine cannot make men; but it can break them . . . The system has aimed at the substitution for men and women of mere Things . . . these mere Things have no allegiance. Like other Things, they are for sale.'

The Murder Machine

The Irish leaders 'have conceived of nationality as a material thing, whereas it is a spiritual thing . . . the nation to them is not all holy, a thing inviolate and inviolable, a thing a man dare not sell or dishonour on pain of eternal perdition. They have thought of nationality as a thing to be negotiated about as men negotiate about a tariff or about a trade route, rather than as a jewel to be preserved at all peril, a thing so sacred that it may not be brought into the market places . . . Other generations have failed in Ireland, but they have failed nobly; or, failing ignobly, some man among them has redeemed them from infamy by the splendour of his protest. But the failure of the last generation has been mean and shameful . . .'

Ghosts

Visionary, educationalist, revolutionary, Padraic Pearse's writings reflect his deep understanding and immense awareness of the reality and the potentiality of the Irish nation. The essays included in this book will fire the imagination of all Irish people.

THE HOME LIFE OF PADRAIG PEARSE

Mary Brigid Pearse

The popular picture of Padraig Pearse, who played a leading role in the 1916 Rebellion, is that of a millitant figure, a patriot, writer and educationalist. He was a man who inspired his own people to deeds of heroism and he left a definite mark on Irish history.

Some men have tried to belittle him and have painted him as inhuman — inhuman enough to have men bleed in a war — and do not speak of the man hidden beneath the smoke of guns and cannons. But *The Home Life of Padraig Pearse* shows us the human side of Pearse and makes no pretence to deal, otherwise than incidentally, with his political and military activities. What Mary Brigid Pearse has done is to give us an intimate view of his home life as only the members of his family could reveal. The result is that much more will be known about the personality of Pearse, as seen in his childhood, boyhood and young manhood, with the influences which moulded him, than is known about any other hero of the Irish nation.

We get a picture of the days when he was a school-boy and follow the accounts given of all those lively times. We read about the toys and pets, the games and fancies of a bevy of happy children. All will be touched by the poignant contrast between the carefree gaiety of those days and the story of the struggle, sacrifice and tragedy of the later years.

LETTERS FROM THE GREAT BLASKET
Eibhlis Ni Shuileabhain

This selection of *Letters from the Great Blasket,* for the most part written by Eibhlis Ni Shuilleabhain of the island to George Chambers in London, covers a period of over twenty years. Eibhlis married Sean O Criomhthain a son of Tomas O Criomhthain, *An tOileanach (The Islandman).* On her marriage she lived in the same house as the Islandman and nursed him during the last years of his life which are described in the letters. Incidentally, the collection includes what must be an unique specimen of the Islandman's writing in English in the form of a letter expressing his goodwill towards Chambers.

Beginning in 1931 when the island was still a place where one might marry and raise a family (if only for certain exile in America) the letters end in 1951 with the author herself in exile on the mainland and 'the old folk of the island scattering to their graves.' By the time Eibhlis left the Blasket in July 1942 the island school had already closed and the three remaining pupils 'left to run wild with the rabbits.'

It must be remembered when reading these letters that they were written in a language foreign to Eibhlis whose native language was Irish. Only very minor changes were thought desirable in the letters and these in the interests of intelligibility. Here through the struggling idiom and laboured passages, emerges in fascinating detail a strange and different way of life as seen unconsciously through the eyes of a woman. This is not the island of the summer visitor but one intimately known, loved and feared—and finally abandoned.

THE MAN FROM CAPE CLEAR
Conchúr Ó Siocháin

Conchúr Ó Siocháin lived all his days on Cape Clear, the southern outpost of an old and deep-rooted civilisation. He lived as a farmer and a fisherman and his story vividly portrays life on that island which has Fastnet Rock as its nearest neighbour. He was a gifted storyteller, a craftsman and a discerning folklorist. Here he tells of life on the island drawing on the ancient traditions and the tales handed down from the dim past. There is a sense of humour, precision and a great sense of community on every page.

* * * * *

The Man from Cape Clear is a collection of memories and musings, topography and tales, and contains a fund of seafaring yarns not to be found elsewhere. It discloses aspects of insular life which should delight the inner eye of the world at large and enrich every Irishman's grasp of his heritage.

KNOCKNAGOW

Charles J. Kickham

Knocknagow is one of the greatest, if not the greatest of all Irish novels. It is a gentle and deeply moving story of rural life in a small village and is a classic of Irish literature. Generations have enjoyed the story of Mat the Trasher and Bessie; of the beloved Norah Lahy and lively Billy Heffernan; of the kindly Kearney family and the comic Barney.

But underlying the life of this community the dark presence of 'landlordism' remained a constant and brooding threat. We feel the passions and enthusiasms that swayed the peoples' hearts and we experience the atmosphere of the time, with all its hopes and despairs, hatreds and violences caused by evictions, starvation and emigration. Kickham's village is the soul and spirit of the nation and the charm and humanity of the people of Knocknagow remain eternal.

A SWORDSMAN FOR THE BRIGADE

Mícheál O hAnnrachain. *Abridged by Una Morrisey*

A fine stirring, romantic adventure story of the exploits of
'The Wild Geese' in Sheldon's division of the Irish Brigade
in the service of France around 1703. The Author knows
his history and has caught the atmosphere of the life of
the time and this novel is full of military adventures and
romance.

'It is a manly story, of a Gael, by a Gael . . . the best pres-
ent you can give to any person is a copy of this romance —
you can steal a read of it yourself first.' *Thomas MacDonagh*

KING OF CLADDAGH

Thomas Fitzpatrick

When Crommwell's soldiers drummed and swaggered their
way through Galway in 1651 they forgot for a while about
the strange, remote people who dwelt on the west bank of
the Corrib, fishing, plying up and down the river, speaking
a different language and governed by their own freely-
chosen King: the people of Claddagh, 'an aristocracy in
hovels' as Major Charleton described them.

But the Claddagh too felt the weight of enemy occupation
when the Major was sent there by the military governor to
take hostages.

How Major Charleton, a stern Parliamentarian, came to
know and respect the people and their King, and to defend
them against the excesses of bigotry and oppression; his
association with a mysterious Claddagh boatman; his
involvement with the dignified and beautiful Gertrude,
daughter of a wealthy Galway merchant, are all part of a
vivid adventure story in which the River Corrib plays a
vital role. Every bend and twist, every creek and channel,
every rock and shallow of the river made all the difference
between escape and deportation, between life and death.

This unusual story, based on the authentic history of the
period between Galway's surrender to the ferocious Coote
and the Restoration of Charles II, will have a general
appeal to young and old; and especially to anyone who
knows the Galway coast or ever tried to row a boat.

THE WIND THAT ROUND THE FASTNET SWEEPS
John M. Feehan

There are moments in the life of every human being when he becomes haunted with the longing to leave behind the turmoil and tension of daily living, to get away from it all and to escape to a clime where true peace can be found. There are many practical reasons why most of us cannot do this so the next best thing is to read the story of one who tried.

John M. Feehan sailed, all by himself, in a small boat around the coast of West Cork in a search for this Land of the Heart's Desire, this Isle of the Blest.

The result is a book which is not only a penetrating spiritual odyssey, but also a magnificent account of the wild rugged coastline, the peaceful harbours, and the strange unique characters he met in this unspoiled corner of Ireland. He writes with great charm, skill, sympathy and a mischievous roguish humour often at his own expense. His sharp eye misses nothing. He sees the mystery, the beauty and the sense of wonder in ordinary things, and brings each situation to life so that the reader feels almost physically present during every moment of the cruise.

There is something for everyone in this book which is sure to bring joy and happiness to readers of all ages. It is a book that can be read again and again.

'... brilliant... the Irish Story of San Michele.' —
John B. Keane

IN WEST KERRY
John M. Synge

The most exciting way to learn about West Kerry is to see it through the eyes of one of Ireland's greatest dramatists, J. M. Synge, and to let it weave its magic spell over us. He shows us the splendour of Kerry as we visit Dingle, Smerick Harbour, Sybil Ferriter's Castle, the Great Blasket, Tralee, and we spend some time at the greatest event in Kerry— Puck Fair.

Synge invites us into the huts and cottages of the essentially Irish characters who had a dignity and settled peace that he not only noted but envied. According to Daniel Corkery Synge preferred the happy-go-lucky folks who were not authorities on anything and their rambling stories that had not a word of truth in them to the pronouncements of the wise. Their companionship brings an unwonted delight and we relish the warmth of their hearts, their bright eyes, their reckless and astounding talk as they lead us far away from the stifling streets of the cities and towns. We joyfully go with them over the hillsides, into the mountainy glens and across the bogs.

It is a little star-dust caught, a segment of the rainbow which I have clutched.

IRISH FAIRY TALES

Edmund Leamy

In writing these fascinating stories Edmund Leamy turned to our Gaelic past to give to the Irish people something which would implant in them a love for the beauty and dignity of their country's traditions.

'Princess Finola and the Dwarf' is a tale so filled with simple beauty and tenderness and there is so much genuine word-magic in it that one is carried away under its spell. All of the stories reveal the poetry of the author's style and show how charged they are with qualities which are peculiar to the Gaelic temperament. At times there is a simple, sweet beauty of language and some passages — especially in 'The Huntsman's Son' — of true prose poetry.

The other spell-binding tales in this book are 'The Fairy Tree of Dooros', 'The House in the Lake', 'The Little White Cat', 'The Golden Spears' and 'The Enchanted Cave',

No one can read these pages without feeling the charm of a fine and delicate fancy, a rare power of poetic expression and a truly Irish instinct.

THE ADVENTURES OF FINN Mac CUMHAL

T. W. Rolleston

The Adventures of Finn Mac Cumhal is a fascinating record of another age in Ireland. The stories which have been handed down through countless generations about Finn may be true, some are certainly fables but the fables themselves are a witness to his greatness. The Fianna of Erinn were mighty warriors and hunters who came to the peak of their glory with the coming of Finn because he ruled them as no other leader ever did.

Mr. Rolleston gives us the opportunity to read about our Irish heroes in a form of literature that appeals most to the ordinary person. This heart-warming collection of exciting and adventurous stories will give all readers hours of pleasure as we catch the flavour and atmosphere of ancient times. We are able to piece together the scattered fragments of the dim past and discover what might have been when magic and mystery were part of everyone's life and belief.

9 781781 178515